ちくま文庫

橙書店にて

田尻久子

JN090023

筑摩書房

目次

1

まちの余白

2 雨降りに本屋で

3
同じ月を見上げて

4

切手のない便り

5　文庫版のために

橙書店にて

1

まちの余白

路地裏で

外側の壁にペンキを塗って。

工務店さんに言われ、慣れない手つきで、ぼこぼこの壁に白いペンキを塗った。ぼこぼこしていたのは、タイルが不揃いに貼られていたからだ。知人から余りもののタイルを少しもらったので、工務店さんが模様のように貼ってくれた。たいらじゃないから塗り方が下手でも目立たない、それで任せてくれたのだろう。

二〇〇一年、夏頃のこと。その二か月前までは、自分が店をつくるなどとは想像もしていなかった。ただ、もう会社勤めはせずに何かはじめようと漠然と考えていた。

熊本市の繁華街には、大きいアーケード街が三つある。〝街〟と言えば、たいていの熊本の人は、そのどこかを思い浮かべる。その三つあるうちの一つから入り込んだ路地裏に喫茶と雑貨の店を出した。それから数年後、隣の小さな店舗も借り増しして書店もつくった。その路地裏の最初の記憶は、高校生の頃。それより以前にも通ったことがあるかもしれないが、いや通ったに違いないが覚えていない。なにせ、生まれてこのかた熊本以外に住んだことがない。

通《かよ》っていた高校は、繁華街の近くにある。城下町なので、街のど真ん中に城があり、下ったところに熊本交通センターがある。そして、その裏手に高校がある。十分も歩けばアーケード街なので、制服のままよく街中をうろつき、その路地裏も通った。細い道ながらも〝玉屋通り〟という名前が付いていて、そこを抜けて、大きいアーケードのうちの二つ、新市街アーケードから下通アーケードへとショートカットできる。ほんの少しだけ。でも、時間を短縮したいのではなく、その路地が好きで用もなく通り抜けていた。印鑑屋さんに洋装店、寿司屋さんに下着屋さん、さまざまな店が並んでいた。

下着屋さんでは、鴨居羊子さんが立ち上げた下着のブランド「ＴＵＮＩＣ」を扱っていた。鴨居さんが、戦後日本の下着業界を変えた人で、且《か》つ文筆家でもあるということは大人になってから知った。そのブランドのポーチやバッグが当時の女子高生に人気で、多分みんな鴨居さんのことをよく知らずに持っていた。フリルやリボンがついていて、ピンク色だったり、きらきらしたりしているポーチもバッグも私は持っていなかったけど。小さな頃から色黒で、ピンクもリボンもきらきらも似合わなかったから、そういうものに馴染めずに成長してしまった。下着屋さんはいまも健在だが、私が玉屋通りで店を営みはじめてから数年後、移転された。そして、私の店も開店してから十五年後の秋に移転した。

玉屋通りは戦後すぐにバラックが立ち並び、そこがそのまま長屋のようになってできた通りだと聞いている。狭いながらも、いちおうアーケードがついている。ところどころ雨漏りがするアーケード。対面からきた人とすれ違うと、すこし緊張するくらいの狭い通り。ペンキを塗っていると、道行く人から、何ができるんですかとよく尋ねられた。ご近所さんには、楽しみにしていると言ってもらったり、ペンキの匂いが苦手で頭が痛い、いつまでかかるの、と怒られたりしていた。壁や天井、窓枠などいたるところを白く塗っていたのだが、建物が古いので、一度では白になりきらずに汚れや脂が浮き出た。それで、白くなるまで重ね塗りをしていたので、ずいぶんと時間がかかってしまったのだ。

初めて店をつくったときも、その横の店舗を借り増しして本屋をつくったときも、引っ越した新しい場所も、すべて同じ工務店さんにお願いした。村本さんというその工務店さんは、ぼやっとした、輪郭のない雲のような私の要求を、短い打合せでいつも的確に理解してくださる。初めて会ったときは、愛想のない佇《たたず》まいに少し緊張したが、同時に職人さんのような気配に安心もした。

なぜ、計画性もなく店をはじめてしまうことになったかというと、その場所を見てしまったからだ。

その頃、勤めていた会社を辞めて、とりあえずの短期バイトをしていた。店をはじめると言っていたわけでもないのに、玉屋通りの物件が空いてるけど見てみる？と誘われた。見たところでお金もないしと躊躇《ちゅうちょ》していたのに、見るだけだったらタダだよという言葉に乗せられて、つい内見してしまった。

以前は刺繍屋さんだったその場所は、ひとりで店を営むには無駄に広く、古くて、しかし魅力的な場所だった。十軒ほどの店舗が長屋風に軒を連ねているうちの一軒で、二階建ての物件だ。二階にあがる階段はミシミシと音をたて、天井は低く、入り口の土間は、何十年も人が踏みしめてつやつやと深い色をしている。誰も使っていないロッカーが置き去りにされ、虫の死骸が散乱して、ちょっと湿気た匂いがする。けもの の匂いも微かにする。二階の壁の隙間からは、ぱりぱりになって茶色く変色した新聞紙の破片が落ちてきた。階段下の物置には、何年前からあるのか、錆びたミシン用オイルの缶が取り残されている。その場所に流れてきた時間をため込んでいるような建物だった。

いままでは、ただ通り過ぎるだけの場所だったのに、すぐにその場所に執着してしまった。何をする当てもないのに、ここを借りたいと思ってしまった。

にわかに店をはじめる気になってしまったが、もちろん資金はない。計画も見通しもない。気持ちはすぐにしぼみそうになるが、起業支援のような枠の融資を探して借りればいい、と物件の情報をくれた人がまたもや教えてくれた。その人は自営業者なので、そういうことに詳しかった。そんなふうにあっさりと言われなければ、きっとあきらめていただろう。一時の気の迷いのような考えを本当に実行してしまったことは、いま思えば、ちょっとどうかしているという気もするが、背中を押してくれたことにはとても感謝している。

自分でも思うくらいなので、まわりの人はさらにどうかしていると思ったようで、特に姉たちからは大反対された。相談しているのではなく報告だと啖呵《たんか》を切ったが、逆の立場だったら私だって反対するだろう。反対するということは心配してくれているのだということに、あとになって気が付いた。

現場に行ったり、備品を買い集めたりと、開店準備をしていた頃、のちに9・11事件と呼ばれるテロ事件が起きた。家に帰ってから、喫茶のメニューでも考えようと布団をかけていないコタツに座り、漫然とテレビをつけた。画面ではツインタワーに飛行機が激突している。いまは持っていないが、この頃はまだ家にテレビがあった。テレビが家にあると、意識せずにつけてしまう。そのときも何を見ようとも思わずにつけたから、最初は映画か何かだと思っていた。店のことで頭がいっぱいで、同じ映像が何度も繰り返されていることにしばらく気が付かなかった。

映像が切り替わらないことにようやく気付き、何が起きているのかわかってからは頭が混乱するばかりだった。遠く離れた異国の地で、たくさんの見知らぬ人が死に、そしてその死は決して私たちと無関係ではない。こんなことをしている場合なのだろうかと不安になった。そんなことが起きても心のざわつきはしまい込んで、たいていの人は仕事に行き学校に行き、社会は変わらず機能していた。そして、その十日後、店を開いた。

開店準備をしていたときのことを思い出すと、あの衝撃的な映像が脳裏をよぎる。それは、いいことではないのかもしれないけれど、忘れたいとは思わない。日常が非日常となる瞬間がこの世にはある、そのことを忘れたくはない。

移転先に新しくつくった店は、最初からここにあったかのようにしっくりと馴染んだ。村本さんに内装をお願いするのは三回目だった。多くを説明しなくとも、どういう店かということをすっかりわかってくれているので、使い勝手もいい店となった。村本さん自身も、ここはほんとに居心地がいいと言ってくれる。工事中は、疲れ切った村本さんや大工さんたちが、休憩中にベンチや椅子で寝転がっていた。まだまだ残暑が続いていたが、二面ある窓からは風がとおり気持ちがよい。彼らは、熊本地震のあとは休む間もなく、ほんとうに心配になるくらい働き続けていた。私も地震の後に店を移転することになり仕事をお願いしてしまったので、そんなことは言えないのだが。

再開店の前日、お客さんたちを招いて、ささやかな宴をひらくことにした。急だったので、すぐに連絡が取れる人たちに声をかけた。

開店すると決まっても、まだ工事は少し残っていた。村本さんが細かい部分をつくり込んでくれていたのだが、夜になってなぜか水道管が詰まり、夜中過ぎまで厨房で格闘してくれた。おかげで、宴会当日には水道が使えるようになった。

宴会には村本さんも顔を出してくれた。カウンターにいただきもののお酒が何十本もならび、それは次々と空き瓶になり、気持ちのいい酔っ払いたちができあがっていく。人は出たり入ったりしながら、増えたり減ったりするから、何人いるのかさっぱりわからない。残り十人ほどとなったとき、あのひと大丈夫かなあ、と声がした。見ると、村本さんがうつぶせで床に寝ている。床といっても、タイルカーペットの上なので、痛くはなさそうだった。いちおう様子をうかがってみると、息はしているし、気持ち悪くもなさそうだ。ほんとに疲れてるんだろうねえ。誰ともなく、声がする。最後まで起きなかったら、おれたち運びますから。そういってくれた人たちがいたので、安心して寝かせておいた。寝ている姿を見ていたら、こんなときに無理に仕事を引き受けてくれて有り難いとつくづく思った。

店を開こうとしていたとき、何もかもが未経験だった。行き当たりばったりで、勢いにまかせて進めていたから、いざお客さんを迎える日が近づくとさすがに不安になった。喫茶も営業することにしていたから、メニューを試作しては、お客さんに出していいのかと自問自答したり、友人に聞いたりしていた。

そんなとき、村本さんが言ってくれたことを、本人は憶えていないと思うが、いまでもたまに思い出す。やってるうちにプロになるから、大丈夫。この言葉は、店をはじめたとき、お守りだった。

とんちさん

昼下がりに、とんちさんが突然入って来た。入って来た、と言うとなんだか失礼な言い草だが、ドアが開いてとんちさんの顔が見えた瞬間、急に現れた、と思ってしまうのだ。店なんだから、誰だって突然来るはずなのに。

とんちさんは、とんちピクルスという芸名で活動しているウクレレ弾きだ。たまにうちでもライブをしてくれる。普段は福岡に住んでいるが、日本中を旅して唄っている。だから、熊本で演奏するときには、店にふらっと立ち寄ってくれる。大荷物を抱えているわりに近所に住んでいるおじさん風情《ふぜい》で入って来るので、なんだか混乱して、わっ急に……となるのかもしれない。

一年ぶりですね、というときもあれば、この間会ったばかりなのに、ということもある。少し前に来たときは「五分しか時間がないんですけどアイスコーヒーください」と言いながら入って来て、ほんとにすぐに帰ってしまった。ライブ寸前の空き時間に立ち寄ってくれたようだが、時間がないのに有り難いことだった。

今回は時間に余裕があったみたいで、久しぶりにゆっくりと話ができた。お客さんというのは不思議なもので、ある人のことを考えていると、その人が現れるということがよくある。会った途端、昨日○○さんのことを考えていた、と言うとわざとらしい感じがしてしまうが、ほんとうにそうなのだからしょうがない。だからと言って、暇だなあと思って、故意に誰かの噂話をしてもその人が現れることはない。

昨日の夜、とんちさんのことを考えていた。上に本を積み重ねすぎて開けられなくなっている箱があったので、本をすべて降ろして久しぶりに開けてみたら、買ってすぐに行方不明になっていたとんちさんのCDが出てきた。それで、元気かなあ、と思ったのだ。

久しぶりの登場でも、あっという間にカウンターに溶け込んで、連日通っているお客さんのように常連さんたちと話している。カウンターに座っているうちのひとりは、元スタッフのちばちゃんだ。アクセサリーをつくっている彼女は、帰省の折にいつもうちで展示会をしている。帰省シーズンだったこともあって、その他にも帰省客がちらほらと現れた。おかえり、久しぶり、そんな言葉が耳に入ったのだろう。とんちさんに、ここは学校みたいですね、と言われた。卒業生が顔を出しているみたいに見えるらしい。

とんちさんとの付き合いはもうずいぶん長い。初めて店に来て唄ってくれたのは、店をはじめてすぐの頃のことで、飛び入り参加で唄ってくれた。最初からふらりと現れたのだ。近くの公園で投げ銭ライブをしているけど、そっちに行ってもいいかと、その日うちでライブをしていた人に連絡が入った。連絡を受け取ったゼロキチさんも、ウクレレを演奏する人。彼とも、すっかり長い付き合いになる。

とんちさんのライブは、お笑いあり、下ネタあり、ラップありで、お客さんが多くても少なくても、いつも変わらず楽しませてくれる。誰と共演しても、融合できる人だ。身軽で気ままに存在しているように見えるけど、プロだなあといつも感心してしまう。

とんちさんにはいつも連れている共演者がいる。犬のぬいぐるみのウクちゃんで、かわいい顔をして毒を吐く人気者だ。ある日、ウクちゃんに似ている人形を見つけた。

店でやっていたチャリティーイベントのバザー品の中にあった。ちょうど、とんちさんのライブの日に人形を見つけて盛り上がり、似ているからあげようということになった。ネパール製のその人形は、五十円で投げ売りされていた。とんちさんはさすがエンターテイナーで、早速ネパちゃんと名付けてすぐにライブに出演させてくれた。いまでも旅に連れて行ってもらっているようで、たまにうちにも帰ってくる。

あの人は詩人です。いつもライブに来てくれるお客さんがとんちさんのことをそう言っていた。大学で文学を教えている人なので、言葉を読み解くことを生業《なりわい》としている。その人が、ここで演奏される唄の中で一番好きです、と言う。唄をつくれば詩人というわけではない。言葉を操るだけでは、もちろん詩人にはなれない。じゃあ、どうあれば詩人かと訊かれれば説明できないけど、とんちさんは詩人だと私も思う。

ライブでは朗読をすることもある。何か演《や》ってほしい曲はありますか、と訊かれるとお願いする朗読がある。とんちさんが警備員の仕事をしていたときのことを綴ったものだ。一緒に勤務しているおじさんが、夜の闇の中で、ふいにタップダンスを披露する話。細かい部分は次の日にはすっかり忘れてしまうのだが、闇に足が浮かび上がる映像だけがいつまでもぽっかりと残る。見てはいないのだけど、見える。地面を蹴んでいる。その足を、一瞬、確かに見ている。その足が消えないよう、また聴きたいとせがんでいる。細部はまた忘れてしまうに決まっている。

一度、通勤途中にとんちさんを見かけたことがあった。ビジネスホテルから出てきたところだった。川沿いを、そこに居るのが当たり前のように歩いていた。ああ、また今日もとんちさんが街にいる、そう思った。きっと、見知らぬ街で見かけても、そう思うだろう。どこに居ても、そこはとんちさんの街になる。今日も、多分どこかの街で唄っている。どこかの街の誰かが、笑ったり、しんみりしたりしている。あるいは、涙を流しているかもしれない。

とんちさんには、帰る場所がたくさんある。

再会

のりちゃんとちばちゃんは誕生日が同じだ。ふたりとも元スタッフで、二十代の頃に店で働いていた。いまでは、おばちゃんと呼ばれてもおかしくない年齢になっている。もちろん私も同様に年を取っている。ふたりとも、最初はお客さんとして店に来た。そもそも開店以来、スタッフ募集ということをしたことがない。なんとなく働いてくれる人が現れたり、お客さんがスタッフになったりした。

働いた期間はふたりともそんなに長くはないが、辞めてからもずっと縁が続いている。彼女たちに限らず元スタッフとは、みんな縁が続いている。微かな縁であれ、深い縁であれ。

それぞれ、帰省のときに寄ってくれたり、ふらっと遊びに来たりする。私はいつでも店にいるからその都度会えるが、元スタッフ同士はタイミングがよくないと会えない。たまたま揃っても、二、三人だ。

ある年の春、みんなの帰省の時期が重なったことがあった。珍しいことだから、熊本にいる元スタッフにも声をかけて、一日くらい勢揃いしようということになった。その日はカウンターが元スタッフで埋まり、同窓会のように賑やかだった。たまに常連のお客さんも加わったりして、賑やかどころかうるさいくらい。めったにないことなので、水を差すようなことも言えない。奥の席で仕事をしているお客さんに、うるさくてごめんね、とこっそり謝った。このときのことを思い出すと、ピーチクパーチクひばりの子、という歌詞が浮かぶ。熊本民謡「おてもやん」の歌詞。何年も会えていない者同士もいたので、次から次へと言葉が飛び交う。それぞれの携帯に収められた写真は、みんなにこやかに笑っている。

『ナショナル・ストーリー・プロジェクト』という本がある。作家のポール・オースターがラジオ番組で全米から募った「普通の人々の、普通ではない物語」から選りすぐり編集したものだ。笑える話、奇跡のような話、とりとめのない話、胸をしめつけるような話、百八十のほんとうの話。読んでから十年以上経つが、いくつか忘れられない話がある。そのうちのひとつは、「クリスマス前の水曜日」という話。語り手は、聖歌隊の練習を終えて、友人と二人で教会の駐車場で立ち話をしている。真夜中近いというのに、赤いジープがゆっくりと入ってきて、彼らを見ると方向転換して走り去る。おかしい。教会だから、扉はいつでも開いている。酔っ払いやコソ泥が入ることはあるが、高級車が値踏みするように通りかかるなんて、なんだか妙だ。そう考えた彼は、あたりを一周したあと、教会にとって返す。戻ると、礼拝堂の戸口の横にジープが駐車していて、教会の明かりが点いている。不安になりながらも中に入り、わざと音を立てながら近づくと、一組の男女が祭壇の傍らにいる。見知った夫婦だった。二人とも、新品のおもちゃで一杯の巨大な買い物袋を抱えていた。礼拝堂には大きなクリスマスツリーがある。そこは「チビッコおもちゃプログラム」の引渡し所で、ツリーの根元にプレゼントを置くようになっていた。二人は、そこにおもちゃを積み上げている最中だった。女性はバツが悪そうになかば微笑んで、指をくちびるに当てた。「お願いです」と彼女は言った。「誰にも言わないで」

語り手は無言でうなずき、その場をあとにする。

彼らには子供がいなかった。できなかったのだ。語り手はこの話をこう結ぶ。

この話にオチはない。単なる出来事だ。だが、車に乗り込み、家に向かって車を運転しながら、僕は体を震わせてしくしく、長いこと泣きつづけた。

この話を読み返して、記憶違いに気が付いた。彼らを見てしまったことを悔いて泣いた、そう書いてあったと思い込んでいた。いまでは泣いた理由など考えない。涙が流れたこと、それ自体に意味があるように思う。

普通の人、普通の人生なんてものはなく、人はそれぞれで、みんな違う人生だ。誰かの人生に起きた小さな物語が、世界をつくっている。

読みながら、自分がこのラジオ番組に投稿するとしたらどの話だろうと、つい考えてしまう。自分に起きたいくつかの物語。でも、自分に起きたことより、もっと相応《ふさわ》しい話がある。のりちゃんとちばちゃんの話。

ちばちゃんはアクセサリーをつくっている。帰省にあわせて店で展示会をするようになって、十年近くが経つ。のりちゃんもつくる人になった。彼女はいろんなものをつくるが、アクセサリーもつくる。それぞれ結婚して、横浜と奈良に住んでいる。ふたりは同じくらいの時期に店に来るようになったのだが、不思議と共通点が多い。優しくておっとりとして見えるのに、芯が強くて意外と頑固者だ。誕生日が同じだから似ているのだろうか。

ふたりは誕生日だけではなく年齢も同じだ。いまではすっかり仲良しだが、もともと友達だったという訳ではなく、店で知り合った。誕生日が同じだとわかったときに、年もおんなじくらいだよねと尋ねたら、同い年だった。もしかして同じ病院で生まれてたりして、と冗談で言っていたら、ほんとうに同じ病院で同じ日に生まれていた。

その日、その病院では三人子供が生まれたらしい。女の子二人と、男の子一人。ふたりは、二十六年ぶりに店で再会した。いまでは、仲の良い姉妹のように見える。生まれたての頃、隣同士のベッドで寝ていたこともあったかもしれない。もうこの世にいない、のりちゃんのお母さんは、ちばちゃんのお母さんと言葉を交わしたことがあったかもしれない。

ふたりは、会うべくして会ったのだと思う。人は会うべくして会う。似ているものを欲したから、それぞれが同じ店にたどり着いた。互いに近しい気持ちがあるから、遠くに住んでいても縁は切れない。

同じ日に生まれたふたりは、どこか似ている。共通点があるとは言っても、それぞれがつくるものは全く違う。どちらがつくったものかはすぐにわかる。同じなのは、身に着ける人のことを大事に思っている、ということだ。買ってくれたお客さんの話をふたりともうれしそうに聞いてくれる。

最近、私が身に着けるアクセサリーは、ふたりがつくったものばかりだ。買ったものもあるが、誕生日だ、お祝いだと言っては、アクセサリーを贈ってくれる。のりちゃんとちばちゃんのアクセサリーを、毎日お守りのように身に着けている。

読み返す

何度か来店したことがある女の子が、『苦海浄土《くがいじょうど》』の文庫本を買ってくれた。彼女は、本棚の間を行ったり来たりして、いつもゆっくりと本を選び、たまに前回買った本の感想を聞かせてくれたりする。

若い人が石牟礼《いしむれ》道子さんの本を買うとうれしくなる。でも、初めて読むのが『苦海浄土』でいいのだろうかと、少し心配にもなる。石牟礼さんの本をどれか読んでみたいけど何がいいかと訊かれたときは、『食べごしらえ おままごと』や『椿の海の記』を薦めることが多い。文庫が出ていて買いやすいし、のちに他の石牟礼さんの本を読んだときに世界に入りやすくなる気がするからだ。それに、『苦海浄土』を読んでいて辛くなって挫折したままだと言われたことが幾度かあった。そういう人は、石牟礼さんの他の本も読まなくなってしまう。

彼女は喫茶の注文もして、お茶を飲みながら買った本をしばらく読んでいた。その間に、イベントのチケットを熊本文学隊主催で年に一度、開催している。「いま石牟礼道子をよむ」というイベントを熊本文学隊主催で年に一度、開催している。その前売り券だ。「熊本文学隊」というのは、詩人の伊藤比呂美さんが隊長になって結成した文学を盛り上げるための〝ひみつけっしゃ〟だ。何がどうひみつなのかと訊かれても困る。伊藤さんが〝ひみつけっしゃ〟と言っている。橙《だいだい》書店は、熊本文学隊の事務局ということにもなっている。事務局は、久子さんとこでいいよねー。伊藤さんの鶴の一声でそうなった。

文学隊でいろいろとやってきたが、やはり石牟礼文学を読み継いでいくことがいちばん大切なのではないか、という思いにたどり着いた。それで数年前から、作家や研究者に石牟礼さんの作品について語っていただく「石牟礼大学」と称したイベントをはじめた。要は、みなさん石牟礼さんの本を読んでいただけませんか、という会だ。いまの時代にこそ石牟礼さんの言葉が必要なのではないかと思って、文学隊のみんなでやっている。

今回の「石牟礼大学」のテーマがちょうど『苦海浄土』だったので、チケットを買いに来た人との会話で話題にのぼった。若い頃に読んだときは辛かったけど、年取ってから読み直すと違うよね、と言い合った。最初に読んだときは、ただ悲しくて辛かったという記憶しかない。でも、四十歳を超えた頃に、石牟礼さんがこれを書きはじめた年を過ぎているとふと気付いて読み直したくなった。それで読んでみたら、なんて面白い本なんだと驚いた。辛い、悲しい、悔しい、そういう感情を内包しながらも、素直にそう思えた。やっと、ノンフィクションとしてではなく文学作品として読めたのだろう。

若い頃はおそらく、読みながら患者側にしか立っていなかった。患者の苦しみを心底理解できるわけがないのに、わかったつもりで腹を立てていた。しかし、私たちは被害者になる可能性がある一方で、気付かず加害者にもなり得る。そして、当事者にならない限り、被害者の気持ちなど理解できない。

「チッソは私であった」と水俣病患者の緒方正人さんが言ったように、私の中にもチッソが存在する。社会のそこここにチッソ的なものが存在している。そのことがやっと少しずつ見えてきた。

『苦海浄土』の世界は暗闇ばかりではない。そこには、美しいとしかいいようのない情景があり、土着の力があり、滑稽な人間の姿がある。人間のぜんぶがあるのかもしれない。だから、面白い。いまは、気に入っている詩集のように、たまに読みたいところを開いて音読する。

あねさん、魚は天のくれらすもんでござす。天のくれらすもんを、ただで、わが要ると思うしことって、その日を暮らす。

これより上の栄華のどこにゆけばあろうかい。

石牟礼さんの語りは、熊本の南、海に近い地域の言葉。私が身近に耳にしていた語気の強い熊本弁とは少し違う。違うが、近しい。意味もわかる。知っている言葉より物腰の柔らかなその語りを舌にのせてみると、するすると彼らの語りが身に沁みる。土地の言葉は、口から発してみると、なお近しい。黙読していても頭の中で音となって響いてくる。でも、熊本弁がわからない人でも通じるに違いない。魂から湧き出た言葉は伝わるものだ。魂が違う世界に住んでいる人とは、同じ言語で話していても伝わらないことがあるけれど。

「ゆき女きき書き」の章は何度も読んだ。ゆきと茂平、互いに連れ合いと死に別れ、網の親方の世話で一緒になった夫婦。二人で漁に出て、つつましやかに暮らしていたところを奇病に襲われる。しかし、すべてを奪われながらも、ゆきが語る海での生活は生命にみちあふれている。

　海の上はほんによかった。じいちゃんが艫櫓《ともろ》ば漕いで、うちが脇櫓ば漕いで。
　いまごろはいつもイカ籠やタコ壺やら揚げに行きよった。ボラもなあ、あやつたちもあの魚どもも、タコどももぞか（可愛い）とばい。四月から十月にかけて、シシ島の沖は凪《なぎ》でなあ――。

お茶を飲みながら本を読んでいた彼女が、帰り支度をはじめた。会計のときに学生さんですかと尋ねると、大学四年生だとおっしゃる。石牟礼道子さんの本を初めて読みますと教えてくれたので、どうですかと訊いてみると、いま少し読んだんですけど辛いです、と心配した通りの答えが返ってきた。もし最後まで読めなくても、年を取ってから読むと感じ方が違うこともあるから、そのときはまたいつか読んでみてくださいね。そう言うと、きついですけど最後まで読みます、まっすぐとした目で言ってくれた。心配することはなかった。

でも、またいつかおばさんになってから再読してくれるといい。私も、たびたび拾い読みし、ときに通読し、これからも何度も読む。彼らの言葉を聞き飽きるということはない。

金木犀

金木犀《きんもくせい》が二度咲く年があるって知ってた？

そう教えてくれたのは、店を手伝ってくれている友人だ。彼女と出会って、もう三十年近くになる。初めて勤めた会社の同僚だった。お互いの仕事や家庭の状況であまり会えない時期もあったが、店をはじめてからは間をおかず来てくれていた。子供を連れてくることもあれば、時間を見つけて一人で来ることもある。

長く勤めたスタッフが地元に帰ることになったときに、彼女の顔がふと浮かんだ。家庭の事情で長い時間働くことが無理なのは知っていたが、彼女の都合に合わせれば大丈夫かもしれない。思い切って声をかけてみたら、働いてくれることになった。

彼女の家は、近くに大きな湖があって、市街地からそう離れていないのに緑豊かな土地だ。庭には木が植えてあり、小さな畑もつくっているらしい。だから、いろんな鳥が庭にやって来るそうだ。朝は忙しくしているだろうに、摘んだ草花や畑のピーマン、剪定《せんてい》した庭木の枝などを、たびたび持って来てくれる。途中で落としちゃったみたい、と出勤してから気付いてしょんぼりしていたこともあった。自然と親しく育った人なので、小さな緑をせっせと店にも運んできてくれる。この間は金木犀を持ってきてくれて、今年は二度咲いたと言う。二度咲くときは、最初の花の時期が短いらしい。そう言えば、近所の金木犀も芳香を放っていた。咲く時期がちょっと遅いと思ったところだった。あの木も二度目だったのだろうか。

金木犀の香りは突然現れる。通りすがりに思わず振り向いて見てしまうべっぴんさんのように、香りに振り返る。するとそこには、濃い緑の中に、小さいけどふっくらとしたオレンジ色の花が無数に咲いている。花の時期が短いから、ただ通り過ぎるのはもったいない気がして、深く息を吸い込む。記憶にある金木犀の匂いとおなじ。金木犀の花の香りは誰の記憶にもあるらしく、飾っていると、お客さんから声がもれる。あっ、金木犀だ。

子供の頃は散った花冠を手のひらに集めて、花の匂いに埋もれていた。何度も通るからできたこと。あっという間に散ってしまう花だと思っていたが、子供の頃はそう思っていなかったかもしれない。いまでは、花は知らぬ間に消える。オレンジ色が失せて濃い緑だけになったときに、やっと花が終わっていることに気付く。金木犀の花が散っていくさまを見届けることができないなんて、大人はつまらない。

その友人とは、若い頃よく連れ立って散歩をした。公園、神社の参道、美術館の喫茶店、旅行先の海岸沿い。緑がある場所をうろうろと歩いた。八景水谷《はけのみや》公園に何度か一緒に行ったよね。公園脇のレストランでオムレツ食べたよね。ふわふわの。もうあの店ないけど。いまでも、たまに思い出して話題にのぼる。その公園には水源があって、桜の木がある。私が幼い頃ほどではないが、いまでも緑は生い茂り、水が湧き出ている。そこは祖父母の家から近く、私にとっては大切な場所だ。いくつもの記憶がその場所と重なる。初めて借りたアパートもその公園の近くだった。思えば、仲よくなった人をやたらとそこに連れて行っている気がする。

彼女も私を思い出深い場所へと連れて行ってくれた。実家に二度泊まらせてもらったことがある。彼女の実家の真横には川が流れている。隣県との県境にあり、山に囲まれた自然が豊かな土地だ。夜の静けさが印象深かった。川のせせらぎと、星の光と虫の声が、漆黒の夜の闇を柔らかくしていた。初めて訪れたのは、彼女ともう一人の同僚と三人で、九州をほぼ一周する旅行をしていたときのこと。旅の途中で一泊させてもらった。おばあちゃんがまだご健在で、弟くんは中学生で坊主頭だった。その彼も、いまではりっぱに家業を継いでいる。彼女のおばあちゃんには浴衣を縫ってもらったことがある。縫えもしないのに、安売りしていた反物をいきおいで買ってしまって途方に暮れていたら、ばあちゃんに頼んであげようかと言ってくれた。いまでも持っている。地が黄土色で柄が黒の姐《あね》さんみたいな浴衣だから、年を取ったいまの方が似合うかもしれない。

出発するときに、お母さんがおにぎりを渡してくれたよね。この間思い出して訊いてみたら、そうだっけ、と彼女は覚えていなかった。

彼女の実家のことを思い出すと、明確に故郷という存在を持ったことのない自分が何か不足している人間のような気がしてくる。簡単に言うと、うらやましいのだ。でも、そうやってお裾分けしてもらった土地の記憶もまた私の一部となっている。

木にとっていいことなのかどうかわからないけど、金木犀が二度咲くなんてちょっと得した気分だ。店から繁華街に行く途中の交差点の脇に金木犀があるから、買い物や郵便局の帰りに花を楽しんだ。このときばかりは、信号を待つのがもどかしくない。むしろ、まだしばらく変わるなよと思ってしまうから、人間は勝手なものだ。

庭に金木犀があったら、花の散り際を知ることができるのだろうか。彼女は、オレンジ色の小さな花冠をひろって、まじまじと見つめたり、拾い集めて香りを吸い込んだりしているのだろうか。今度咲いたら訊いてみようと思う。

緑の椅子

お気に入りの席、というのがみなさんあるようだ。どの席が落ち着くかというのは、人によって違う。同じカウンターでも、はしっこが好きな人、真ん中が好きな人、それぞれにいる。店を引っ越してすぐは、みなさんいろんな席を試していた。どこが落ち着くかなあ、そう言いながらあちこちに座ってみる。カウンター以外に座ることがなかった人も、窓際で本を読んだり仕事をしたりしている。前と違って、どこからでもカウンターに声がかけられるようになったから、離れていてもさみしくないのかもしれない。

どの店でもそうだろうが、何度か入ると迷わずに座れるようになる。初めて来たお客さんは、どこに座ろうかときょろきょろする。座ったあとに、やっぱりあっちにしようと席を替える方もいらっしゃる。私だって見知らぬ店に入ると、おどおどしてすぐには席が決められない。迷ったすえ、なるだけ存在が消えそうな席を選ぶことになる。

店でいちばん座り心地がいいのは、オットマン付きの、書棚のスペースにある緑色の椅子だろう。眠れそう、とみんな言う。実際、寝ちゃっているお客さんもたまにいらっしゃる。私も寝ることがある。誰もいないとき、ちょっと休憩と腰かけて、気付くと五分くらい寝てしまっていることがある。特技と言っていいのかわからないけど、ほんの数分うたた寝している間にも夢を見る。だから、そんなときに電話が鳴ると、いまどこにいるのかわからなくて慌てふためく。

この緑の椅子は、お客さんがくださった。

書店をはじめる少し前に、詩人の朗読会を行ったあとの打ち上げで、隣の空き店舗の話題になった。その場所は、当時たびたび空いていた。

本屋さんだったらいいのに。夜中にこっそり壁に穴を開けて、隣に本を並べてしまおうか。オレンジの隣につくるから、名前は橙《だいだい》書店でいいよね。そんなことを冗談半分に口にしていたら、あるお客さんが、書店を開くなら開店祝いを十万円くらい出しますよ、と言い出した。他の人たちも調子に乗って、ここに来る作家がお金を出し合って、みんなの本屋にすればいい、などと盛り上がっている。もちろん、その夜は酔っ払いのたわごとで終わった。

隣が本屋ならうれしいのに、と前から思っていた。ぴったりなのにな、本屋に。そう思っていた。ころころと借り手が替わっていた場所で、空っぽになるたびに本が入っているところを想像した。

長屋造りのその物件は、昔は、店子が一階で商売をして二階を住居にしていたそうだ。外壁や屋根の上は古いままなので、戦後すぐの頃を想像していると、子供たちの声が聞こえるような気がする。

いまでは、ほとんどの店が二階をぶち抜いて天井を高くしている。もちろん、住んでいる人はいない。隣は入ってすぐに階段があり、それをのぼると奥に小さな屋根裏のような部屋があって、手前は二階がなく天井が高かった。その高い天井ぎりぎりまで書棚をつくればいい。入り口は全面にガラスが入っているから、本の表紙が見えるように並べれば、外を通る人が楽しくなるだろう。椅子をたくさん置いてゆっくり本を選んでもらおう。壁に穴を開けて通れるようにしたらスタッフも増やさなくていいし……。

考えていたら自分でやればいいような気がしてきて、その朗読会から数日後、融資を受けたいんですけど、と銀行に電話をかけてしまった。世間がクリスマスのイルミネーションで華やいでいる頃だった。お正月休みに入るので年明けにしてもらえませんか、と言われた。壁に穴を開けて書棚をつくったら幾らかかりますか、と工務店さんに訊いたら、見ないとわからない、とすぐに見に来てくれた。大晦日に、お客さんたちと忘年会をしながら、銀行に出す企画書をこっそり書いた。

最初に店をはじめたときも行き当たりばったりだったが、この計画性のなさはひどいなと自分でも思ったくらい、このときはいきなりはじめていた。そうして、お正月が明けたら、賃貸契約書にサインをしていた。

お隣さん、工事がはじまってるけど、何か入るの？　出勤してきたスタッフに訊かれたから、借りて本屋さんをすることにした、と言ったら驚いていた。近所の人たちも、みんな驚いていた。融資が通ってから言おうと思っていたら、工事をすぐにはじめることになってしまい言う暇がなかったのだ。契約が済んで鍵もらいましたよ、と工務店さんに連絡したら、一週間後に別の大きな工事が入ってるからそれまでにやってあげるよ、と言われて翌日から工事をすることになった。聞いてない、とスタッフもお客さんも大騒ぎだった。私だって、その一か月前までは書店をはじめる気なんてなかったから、自分でも驚いていた。

しばらくして、書店を開くなら十万円あげると豪語したお客さんが来たので、ほんとに本屋やるよ、お祝い金よろしく、と言ったら慌てていた。冗談に決まっているのに、十万円は無理だけど椅子をあげます、と言う。それもかなり高価な椅子だ。冗談だよ、いらないよ。そう言うと、中古だし大きすぎて売ろうと思っていたからいいのだと、本当に運んできてくれた。深い緑がきれいな、ふかふかで、大きな人でもすっぽり包み込む、オットマン付きの椅子。本もまだ入ってなくて空っぽの棚があるだけだったけど、椅子が入って、途端に店らしくなった。

実は、その椅子には、私が付けた焦げ跡がある。開店した年の暮れ、店で仕事をしているときに差し入れの夕食をもらった。一緒に食べようということになったのはいいが、ついワインも開けて飲んでしまったのがいけなかった。食事を終えて、そのまま仕事を続けているうちにオットマンに寄りかかって寝てしまった。オットマンがヒーターに近すぎたようで、起きたら布の色が少しだけ茶色になっている。ものすごく後悔したのだが、後の祭り。申し訳なくて、椅子をくれたお客さんにすぐには言い出せなかった。ずいぶん経ってから白状すると、知ってましたよ、と言われた。気付いていたのに言わずにいてくれたのだ。

この椅子には、いろんな人が座った。作家や詩人や写真家や、歌をうたう人に、絵を描く人。酔っぱらって立てなくなった人に、小さなお客さん。人だけじゃなくて、猫だって座る。みんな、本棚を思い出すときに、この椅子のことを一緒に思い出すにちがいない。

来し方の道を歩く

お願いがある。いつものようにお茶を飲みにきた渡辺京二さんが、来るなりおっしゃった。渡辺さんから直々にお願いとあらば、きかない訳にはいかない。改まって何かと思えば、これをまずは読んで、そして面白かったら店に置いてくれないか、と本を渡された。福島次郎の『現車《うつつぐるま》』という本だ。渡辺さんが以前から復刊を願っていた本で、私も読んでみたいと思っていた。読むまでもない、置きますよと返事をした。前後篇あわせて二段組で七百ページ以上もあるこの小説を、読んでから扱うかどうか考えていたら、いつになってしまうかわからない。

『現車』は、明治から昭和にいたる熊本を舞台に、或る家族の歴史をいきいきと描いた長篇小説だ。いつ読み終わるかわからないと思っていたが、数日で読み終えた。登場人物の行く末が気になり、読みふけってしまった。

物語は、山崎町《やまさきまち》からはじまる。舞台は熊本だから、もちろん知っている町の名前だ。山崎町と聞けば、熊本の人が思い浮かべるのは、その町にある地元のテレビ局だろう。テレビ局から数軒挟んでうちの店があるのだが、すぐそこだというのに町の名前が違う。店がある場所は練兵町《れんぺいちょう》という。城下町として造られた新町・古町地区と呼ばれるその辺りは、昔はたくさんの町名があったらしい。ほんのわずかな界隈を指すだけの町名もあったそうだが、その名残か、いまでも少し歩くと町の名前が変わる。電停には、昔の名前の名残もある。

文中にはそのあとも、栄通り、花畑《はなばた》公園前、と店から数分で行ける場所の記述が続く。中心街から離れても、子飼《こかい》、藤崎宮、二本木……と知らない地名はひとつもない。地名だけではなく、鶴屋デパート、電気館、二本木の遊廓……思い浮かぶ場所が次々と出てくる。まるで、読みながら散歩しているような気がしてくる。戦中・戦後と長い時間をまたいで物語が紡がれ、もちろんいまでは街の様子はすっかり変わってしまっているが、流れる川、そびえる山、架かる橋、変わらないものも登場する。本を読みながら、こんなにありありと背景が目に浮かぶのは初めてだ。

そして、ことば。若い人の中には、地元の人でも解さない人もいるかもしれないほどの肥後弁が繰り広げられる。もちろん、わたしはおばさんなので、わからない言葉はあまりない。自慢じゃないがネイティブなので、イントネーションまで再現できる。きっと、県外の人より臨場感が増している。がらの悪い会話文が出てくると口にしてみたくなる。なりきってしゃべってみる。うまくできないと、二度、三度と声に出してみる。

田舎から城下町に出てきて、人力車夫から小旅館の主となった祖父の鶴松、その一人娘に生まれ、ばくちの胴元として財をなし、その金をことごとく性悪な男に入れあげてしまう民江、この二人を中心に、雑多な人物が入り乱れ、下町の生活が微細に描かれる。その民江姐《ねえ》さんのモデルは、著者の母親だ。父親がそれぞれ違う子供を四人産み、波乱万丈の人生を送った。

渡辺さんは、かつて、そのモデルとなった福島はつえさんにインタビューをしている。物語にどのくらい事実が反映されているかは定かではないが、この本を読んではつえさんに興味を抱かない人はいないだろう。民江の強烈な個性は読む人を惹きつける。姐さん、そんなに無茶をして大丈夫か、と思いながらその動向から目が離せない。

肥後の猛婦という言葉があるが、肥後女は元来強いひとが多いのかもしれない。それとも、強くならざるを得なかったのか。

はつえさんは、私はどうせ勝手ふうじゃばして来た人間、と自分のことを語り、何書いてもよかたいと次郎さんに言ったそうだ。その語りは、渡辺さんが当時創刊に関わった『熊本風土記』に掲載されている。私は、この昭和四十年発行の『熊本風土記』の創刊号を見ず知らずの老齢の女性にいただいた。いつ死ぬかわからないから、知らずに捨てられるよりわかる人にあげたくて、と店に訪ねてきてくださった。有り難く頂戴したら、のちの『苦海浄土』となる石牟礼道子さんの「海と空のあいだに」が掲載されていることにまず興奮して、はつえさんの記事には、あまり目がいっていなかった。『現車』に渡辺さんが寄せた文章を読んで、そういえば載っていたと、はたと気が付いた。面白い雑誌というものは、発行されてから幾年経とうが読む価値がある。

『現車』を読むのは、筋を追う快楽に加え、過去の熊本を訪ね歩くという楽しみもあった。むかしあった町の名前を、いまの場所に当てはめてみる。いまはない名前。職人町、蔚山町《うるさんまち》、下追廻田畑町《しもおいまわしたばたちょう》……。その頃といまでは、見える景色も風情も違うかもしれないが、場所は確かに存在する。民江さんがうろつく道を脳内でなぞるのは楽しい。彼女が男と密会する山の中腹の茶屋から見える桜。その山の桜を私も男と見たことがあるな、などと思い浮かべるのは不思議な感覚だった。

そんなことを興奮して渡辺さんに話したら、それを書きなさい、と言われたからこうして書いている。

私は渡辺さんに出会わなければ、文芸誌の『アルテリ』もつくっていないし、おそらく『現車』も読んでいないだろう。渡辺さんに出会ってすぐの頃、あなたは何も書かないのか、と言われた。特に書きたいことはないし、それより読みたいのだと答えたら、書きなさいよと言われた。いまでも、切に書きたい気持ちがあるかと問われれば、あるとは言えない。でも、こうして書いている。渡辺さんは、そうおっしゃったことを覚えていないかもしれないが、私はよく思い出す。そして、それならば書いてみるかと思うのだ。

2

雨降りに本屋で

手紙はいいよ

手紙はいいぞう　手紙はいいぞう
手紙はいいぞう　手紙だからね

ふちがみとふなとさんの「僕に宛てて」という曲の歌詞。彼らは、たまに店でライブをしてくれる。コントラバスにあわせて歌をうたう二人組だ。ポストを開けて、請求書やダイレクトメールではない手紙が入っていると、この歌詞を思い出す。心の中で歌いはじめる。誰でもそうだろうが、手紙をもらうとうれしい。好きな人からだとなおさら。だけど、私の字はひどいので手紙を書くのは億劫だ。手紙を送ったことがある人に、ほんとに読めないところがあって苦労した、と言われたくらいだから謙遜でもなんでもない。走り書きのメモなんて、自分でも読めないときがある。注文しようと思って控えていた本のタイトルがどうがんばっても読めなくて、お蔵入りになったこともある。

きれいな文字でさらっと気の利いた文章が書ければ、手紙をもらうのはもっと楽しくなるだろうなと思う。

ポストを開けたら、鳥の絵が飛び出したことがあった。花が鳥になったみたいな、青い鳥。もう一枚は目がぱっちりとした、たぶんフクロウ。絵描きの黒田征太郎さんからの手紙だ。鳥や魚や船やクマ……、黒田さんの絵がたまに郵便で届く。スケッチブックを半分に切ったと思われる紙に、絵だけが描かれている。段ボールの裏に描いてあるとおぼしきものもある。宛名の字も絵みたいにみえる。ちょっと前に届いたのは、戌年だからか、犬やコヨーテだった。走っているのと、吠えているの。最初の一枚は、熊本地震のあとに届いた。黒田さんの絵手紙は、それからずっと続いている。絵以外、何も書いてなくとも、今日も黒田さんはどこかで元気、と思う。そして、絵を見れば私もすこやかになる。黒田さんは手紙がすきだと言っていた。でも、届くたびに返事はいらないですよ、と言われたのをいいことにこちらからはめったに出さない。絵を眺めながら、こんな手紙を書けるなんてうらやましいな、と思うばかりだ。

旅先から送られて来る手紙を受け取るのは、本を読むことと似ている。手紙だけど、こちらからは返せない。読んで、土地や人に想いを馳せる。日本は島国だから、どこの国から来ても海を渡ってくる。前にインドから来た手紙は、のりが見つからなかったそうで、米粒で封をしてあった。中国から来た手紙には、烏龍茶になるはずだった葉っぱが入っていた。奥地にいたので、ポストを探すのが大変だったとあとから聞いた。みんな、大事な旅の時間をおすそわけしてくれている。手紙より先に旅した本人がやってくることもある。ハガキ届いた？　と訊かれて、まだだと言うとがっかりされる。でも、土産話を聞いてから手紙が届くのもいいものだ。手紙は本人より長い旅をして、はるばる届く。

そういえば、旅先から手紙を書いたことがないと気が付いた。遠出をすることがほとんどないからだ。いつか知らない街に行って手紙を書いてみたいものだ。

「僕に宛てて」の歌詞はこう続く。

遠く離れた君の便りが僕の住む場所に運ばれてくる
そしたらそのとき僕のところに君は確かに現れたんだ
だから僕に手紙を書いて　必ず僕に手紙を書いて

黒田さんの絵ハガキがポストからこぼれ落ちると、黒田さんだけではなく、鳥が現れ、花が咲き、犬が吠える。船が出港し、草木が芽吹く。

いまみたいに、毎日ラインでつながって、顔を見ながら電話して……そんなことが当たり前でなかった頃、遠く離れた誰かと手紙でやりとりすることは、どんなに人と人を近づけたろう。パソコンやスマホのフォントで書かれた文字ではなく、あっちを向いたり、はねたりした文字。気が急《せ》いて書いたから、判読が難しい文字。それをじっと見つめた末に、なんと書いてあるかわかったときの喜び。
仕事で必要なので、もちろんメールでもやりとりはしている。スマホを持っていることになぜか驚かれるが、ちゃんと使えている。でも、一対一ではないやりとりが苦手なので、ラインもツイッターもフェイスブックもやっていない。本来ならば、イベントの告知や店の情報を流す方法として使うべきなのだろうが、やらなくてもまだ店は潰れていないのでいいかと思っている。たまに、面倒だからラインやってよと言われるが、不便でもかまわない。友達も少なくてかまわない。友達って、友達になってくださいと言ってなるものではない気がする。

でも、私がうまく使えていないだけで、SNSは不必要ではない。拡散しなければいけない情報はあるし、誰かの不特定多数に向けた言葉が人の心を動かすことは、確かにある。

この間、お客さんが『バナの戦争』という本を貸してくれた。バナは、シリア難民だ。彼女は、戦時下のアレッポで、英語が話せる母の手を借りて街の様子をツイートしつづけた。

わたしたち、死にかけているの。

ただ、こわがらずにくらしたい。バナ

わたしたちは武器を持っていません。なのに、なぜ殺されるの？ バナ

ツイートをはじめたときのバナは、たったの七歳だった。爆弾の雨が降る街で、恐怖を感じることが日常となっている場所で、何も知ろうとしない私たちに語り続ける。まだ、こどもでありたいと。すごくすごく、学校に行きたいと。
彼女は、シリアやアレッポの外にいる人たちは、ここで何が起こっているのか知っているのかと疑問に感じ、知ってほしいとツイッターをはじめた。瓦礫《がれき》のなかでつぶやきながら、バナは、こう思っていた。

もし、わたしたちがみんな爆撃で飛ばされても、わたしたちに何が起こったか、だれかに伝わるはずよ。少なくとも、さよならは言える。

バナのツイッターアカウントを世界的に有名にした最初のツイートは、「今夜、わ

たしは死んじゃうかもしれない。とてもこわい。爆弾に殺されてしまう」だ。こんなことを七歳の少女が言わざるを得ない世の中を、私たちは見て見ぬふりをしている。

自由に手紙を出せない人たちが存在している場所が世界にはある。彼女はアレッポを脱出してからは、ツイートだけではなく、シリアの子供を救ってほしいと、つたない英語でドナルド・トランプやテリーザ・メイに手紙も書いているそうだ。


手紙は切手を貼られて届くとは限らない。たとえば、一緒に住んでいる人にそっと書き置かれたメモだって、手紙だ。

前に、近所の野良猫が店に出入りしていた。さわらせてはくれないが、手が届く場所で寝るようになっていた。店をはじめて間もない頃だったので、もうずいぶん前のはなしだ。うちの店ではシマコと呼ばれていたが、近所の人は違う名前で呼んでいた。彼女は名前をいくつ持っていたのだろう。子猫だと思っていたシマコがいつの間にか妊娠していたとわかってから数日後、車に轢《ひ》かれて死んだ。十代の頃から店に通っていて、のちにスタッフになった女の子が、そのことを知ってなぐさめる手紙を書いてくれた。出勤したら、ドアの隙間から差し込んであった。

彼女はもうすっかり大人の女となり、いまは海外に住んでいる。〝ゆきこ〟という名前の元スタッフが二人いるのだが、そのうちの一人で、〝ユッコ〟と呼ばれている。たまに里帰りで元気な顔を見せる。旅先からハガキをくれたり、クリスマスカードを送ってくれたりすることもある。カタカナの〝ク〟が独特で、〝ニューヨーク〟が〝ニューヨーワ〟に見える。彼女の書く〝ク〟はいつも笑っているように見える。

自分の字は好きではないし、気が利いた文章も書けないが、手紙は内容が大事なのではないのかもしれない。手紙を書いているときに相手のことを想う、その気持ちを、もらったりあげたりしている。手紙を書く、という行為そのものに意味があるのだろう。とはいえ、やっぱり億劫だけど。

常連さん

そろそろエンピツ研いでくださいね。何回目の来店だったろうか。大河さんが、さらっと帰り際にプレッシャーをかけていった。大河さんというのは、この文章の編集を担当してくれている人だ。

一年ほど前に大河さんから手紙をいただいた。ご相談差し上げたいことがふたつございます、と書いてあった。内容は書いてない。そのときは、まだ一度お会いしただけだったので見当がつかなかった。ほどなくして、大河さんが訪ねてきた。ひとつめの相談事が終わったあと、実はこれが本題なんですが……と前置きして一緒に本をつくりたいとおっしゃる。

その頃、新聞で連載の仕事をいただき、書いていたところだった。大河さんは、その文章を気に入ってくださったらしい。いきなり何をおっしゃるとびっくりしたし、大河さんのことをよく知らないし、簡単に書きますよと言えるものではない。とりあえず、断る言い訳を並べ立てた。

店を移転したばかりだし、連載中だし、他に約束している書き下ろしの本の原稿も終わっていません。作家ではないし、雑務に追われて書く時間をとることもままならないし、ましてや書くことだってそんなにあるものではありません。もうネタ切れです。ともかくいまは無理です、とすっかり断った気でいた。

大河さんはというと、まったくくじけていなかった。本人が来る。手紙が来る。またまた、本人が来る。ちなみに熊本に住んでいる人ではない。大河さんの先輩編集者さんも、遊びにいらしたついでに加勢をする。本当は押しが強い人間ではないのに、どうしてもやりたいからとがんばっているんです、などとおっしゃる。

別の仕事のついでなのだろうが、遠方から何度も来ていただくと、断るのもだんだん気がひけてくる。代わりと言ってはなんだがと、他の作家さんの仕事を紹介したところ引き受けてくださったので、これ幸いと逃げようとしたら、それはそれ、同時進行でできますと言われてしまった。押しに弱いと、誰かがばらしたのだろうか。だから、気が乗らないときは言われたそばから断るようにしているのに。

でも、受けてしまったのは押されたからだけではない。大河さんは本が好きでしょうがない、ということに気付いてしまったからだ。本に携わる仕事を一度はあきらめたのに、やっぱり本に関わっていたいと独立してはじめることにしたという。神保町が大好きらしい。店に来ても、必ず書棚を見て帰る。本にまつわることを話しているときはうれしそうだ。こんなに本が好きな人がつくりたいと言ってくださる。自信などみじんもないのに、その気持ちに説得されてしまった。

約束はしたものの、やっぱり原稿は遅々として進まない。昼間は、本を売り、お客さんと会話をし、お茶を淹れ料理をつくる。合間に、本を注文したり、事務仕事を片付けたりしながら、商品の補充もする。あらかた今日の仕事は片付いた、と一息つくと、水を欲している植木や業務用冷凍庫の霜が目に入る。最近では文芸誌の発行もはじめてしまったので、雑用が際限なくある。もっと、人を雇えばいいじゃないかと言われそうだが、そんな経済的余裕はまったくない。

でも、いちばんの問題は本だ。ごはんを食べて風呂に入ってひと段落したら書こう、と家にたどり着くまでは思っている。でも、部屋には未読の本が山と積まれている。書くより読むほうが断然たのしいから、パソコンを立ち上げたものの、キーボードは打たず頁をめくっている。数行書いただけで電源を落とすこともたびたびあるが、たまに誘惑に負けずにこうして書いている。さぞや大河さんがやきもきしているだろう、と顔を思い浮かべながら書いている。

書店を開いて十年になる。店をはじめてからは十七年経つが、最初は喫茶と雑貨の店をやっていて、本は片隅に並べるくらいだった。となりの小さな店舗を借り増しして、本だけの空間をつくってから十年が経つ。その開店記念日に、遠方からお祝いにかけつけてくださるという人がいたので、宴会をすることになった。ちょうど、大河さんもその付近で熊本に立ち寄ると連絡がきたので、声をかけたら来てくださった。

最初に本をつくりましょうとおっしゃってから、幾度となく店に足を運んでくださった。カウンターで珈琲を飲み、となり合わせたお客さんと話をし、帰り際にそっと一声、二声、押してくる。

そろそろ、エンピツ研いでくださいね。書きはじめたら、筆がのってくると思うんですよね。『コルシア書店の仲間たち』みたいな本つくりたいなあ。このカウンターに座っているだけで、短篇小説を読んでいるような気になります。

気付けば、常連さんと顔馴染みになっていた。

読んだ人が橙書店を訪れたことがなくとも、そこに居るような心地になる文章を書いてくださいとおっしゃった。〝コルシア書店〟とは恐れ多いが、店の雰囲気が少しでも伝わればと書いている。だから、大河さんのことも書いている。きっと、苦笑しながらこの文章を読むに違いない。

宴会の日、大河さんは酒瓶を抱えてやって来た。その日のうちに帰るかと思ったら、宿をとりましたとおっしゃる。宴もたけなわになってくると、いい感じに酔っぱらって、顔を見知っている人ともそうでない人ともすっかり馴染んで、もうすでに常連さんとなっているように見える。最後には、カウンターの中に入って皿まで洗ってくださった。

たまにポツリと届く原稿を読んでは、感想を書き送ったり、さりげなくプレッシャーをかけたりしてくる。田尻さんの原稿が活力です、などと言われると重い腰も少しあがる。もちろんそれが彼の仕事なのだが、有り難いことに変わりはなく、それでなんとか少しずつ前へ進むのだ。世の中には、それぞれの本に大河さんみたいな人がいる。彼らのおかげで、私たちは本と出会える。

この本が何人の読者と出会えるのかわからないけど、少なくとも最初の読者はもうすでにいる。

しゃけやら、ももやら梨やら、おいしいものをたびたび送ってきてくれるお客さんがいる。仕事の関係で転勤が多いのだが、熊本だけずいぶん長く勤務していて、そのときに常連さんになった。いまは、遠く北海道にいる。

熊本にいた頃は、独り身の気軽さでよく海外旅行に行っていた人で、異国から絵ハガキを送ってくれることもあった。店にたまに連れていく白猫のことを可愛がってくれていて、宛名はいつも「オレンジ　橙書店　白玉様」となっていた。実家に頼んで梨を送ってくれたときもそう書いてあって、〝はくぎょくさん〟はこちらにいらっしゃいますか、と配達の人にいぶかしげに尋ねられた。まさか、猫の名前が書いてあるとは思わなかったのだろう。ちなみに〝はくぎょく〟ではなくて〝しらたま〟と読む。

お父さんに送るよう頼んだというから、店主の名前は白玉だと思われたに違いない。のちにお父さんにもお会いできたから誤解は解けたが。

そのお客さんがいよいよ熊本を離れることになったとき、うれしい報告があった。転勤が決まってすぐに、いいひとができたという。のちに紹介してもらったら、よくぞでかした、というぐらい素敵な女性だった。しばらくして結婚することになったので、晴れて、熊本がもうひとつの帰る場所となった。

ある日、お願いがあります、とそのお客さんから連絡がきた。披露宴のようなことを店でやりたいという。そんな大事なお祝いはちゃんとした場所でやったほうがいいよ、と止めようとしたのだが、ここがいいのだと譲らない。こちらでできる準備は、やりますから。なるべく、迷惑をかけないようにしますから。そこまで言われては断れない。大切な日に、こんなざっとした店で、彼女の家族や友人はがっかりしないだろうかと気が引けたのだが、結局受けることにした。

そのお客さんは、天草街道沿いにある三角町《みすみまち》の魚屋さんを仕事で取材したことがあって、そこをよく訪れていた。私は行ったことはないが、天草の手前、有明海に面した大田尾海水浴場の近くらしい。熊本の中心部から車で一時間くらいかかるから近くもないのだが、自転車で遊びに行くこともあったようだ。仕出しの準備や配達をよく手伝っていて、まるで親戚のように魚屋さん家族にかわいがられている。魚屋さんに行った帰りに土産の刺身を持って来て、店で彼女と待ち合わせをしていたことがあった。居合わせたカウンターのお客さんと一緒にごちそうになっていたら、彼女が到着した。彼女にもすすめたら、刺身だけでなく、みんなが食べたあと残ったツマにちょっと醬油をたらしてせっせと食べている。ツマ好きなの？ と話しかけると、美味しいのにもったいないから、とちょっと恥ずかしそうに言っていた。そのとき、この人のこと好きだなあ、と思ったのだ。

披露宴では、その魚屋さんが仕出しをしてくれるという。遠いのに迷惑ではない？と訊くと、張り切ってらっしゃるから大丈夫だという。じゃあ、あとはちょっとした料理とお酒でいいねと、少し気が楽になった。気持ちに余裕ができたら何かしたくなる。常連さんに相談したら、やっぱりケーキカットくらいしなきゃ、ということになった。あまり結婚式というものに興味がない人たちが集まって、あれやこれやと話し

ている《?》のでいい《?》

ているので、どうすればいいのかよくわからない。とりあえず、結婚式でよく使われる曲というのをネットで検索してみた。最近の曲から懐かしい曲までいろいろ出てくる。それで、「はじめてのチュウ」を流してチュウさせちゃうか、と誰かが言い出した。だんだんみんな調子に乗ってきて、テーブルに花を飾らなきゃ、クラッカー鳴らそうよ、ケーキになんて書く？　にぎにぎしくなってきた。

当日は、お身内で結婚式と食事会を済ませてから店へ移動、という予定だと聞いた。近くのホテルをとっているというので、ぎりぎりまでホテルでゆっくりしてね、とお願いした。その間に、お客さんたちと料理を運んだり、花を飾ったりと準備をしていると、もう少し華やかにしたいね、と学芸会のような飾りをみんながつくりはじめた。折り紙を切って輪っかをつくり、それをつなげる。懐かしいね、これ。わいわいとつくっていたが、時間があまりなくなってくる。ふたりが来ちゃうと慌てはじめたら、本を買いに来たお客さんまで輪っかづくりを手伝ってくれた。ちなみに、そのお客さんは結婚するふたりのことを知らない。

「はじめてのチュウ」は、ちっともうまくいかなかった。ふたりがとても恥ずかしがりやだからだ。わかっていたから、声が大きい人に曲がはじまったら囃《はや》し立ててとお願いしていた。その人はカメラマンだから、その瞬間の写真も頼んでいた。それなのに、写真を撮りそびれたからもう一回、などという。あんなに恥ずかしがりやなのに、やり直しとかできるわけないでしょ。そのカメラマンさんは、みんなにさんざん怒られた。ふいうちでそんなことをさせて申し訳なかったが、恥ずかしがるふたりは初々しくて、とてもかわいかった。

披露宴のこと、書いてもいい？ と連絡すると、その日の写真を探して送ってきてくれた。あたふたしていて自分では一枚も撮っていなかったので、何年かぶりにその日の様子を見た。チュウはないが、ふたりがケーキを切っている写真がある。ちょっとはにかんだ、とてもいい顔が写っている。輪っか飾りの下に椅子が一緒に写っているが、どれも、白玉が爪を研いでぼろぼろに破れたりシミになったりしていて、大事な日をこんなところで迎えてよかったのかなという気持ちがまた頭をもたげたが、みんなのうれしそうな笑顔を見て、まあいっかと思い直した。

いまではふたりで仲良く熊本へ帰ってくる。書店を開店したときにくれた緑の椅子に座りに帰ってくる。なぜか、布張りなのに、白玉はこの椅子でだけは爪を研がない。

Aさんのこと

Aさんは、本屋をはじめてから来るようになったお客さんだ。年は七十代後半というところか。いつもこざっぱりした服を着て、ひょうひょうとしている。ブコウスキーやケルアックがお好みで、浅川マキもごひいきだ。

ここは、みょうなか本ばっかり置いとるけん、つぶれんごつ買わんといかん。そう言いながら買ってくださる。売れなさそうな変な本ばかり並べているから店が成り立たないだろう、つぶれないよう私が買ってあげようという意味だ。だいたいいつも一冊購入されるが、買いたい本がないときは喫茶だけ利用される。煙草を吸いながら、珈琲を一杯。

ある日、珈琲を飲んで一服した帰り際、お会計も済んだ後に立ち話が長くなった。

少し前に、戦争を体験した方から戦時中の話を聞いたばかりだったので、つい戦争の話を振ってしまった。敗戦の日はとてもいい天気だったと聞きますが、記憶されていますか。そう尋ねたら、やはり、青空だったとおっしゃる。そして、体験談をひとつ話してくださった。

近所の女の子が空襲で死んでしまった話。爆弾は真っすぐに落ちるものだから、空襲のときは道の端に避ければそうそう当たるものではないという。女の子はその日、真新しい下駄を履いていた。そして、逃げる最中に、脱げた下駄を拾いに戻って爆弾に当たったった。真新しい下駄を履いていたばかりに、女の子は死んだ。

話しているときに、レジ付近に並べた雑貨を見ている若い女性のお客さんがいた。靴下を吟味しているようだったが、しばらくするとこちらを窺っている様子が目に入った。購入したいのかもと思ったのだが、話に水を差したくなくて、つい気付かないふりをしてしまった。話が終わる頃、女性はもういなくなっていた。悪いことをしたなあ、これだから商売がうまくいかないと反省したが、話を聞きたかったし、いいやと開き直る。Aさんは、ただの世間話だった体《てい》であっさりと帰っていかれた。

ひとり取り残されて、下駄の鼻緒は何色だったろうかと想像する。道端の女の子と、離れたところに転がる下駄。それを見ている少年。いつものようにひょうひょうと話していたが、A少年のまなこに映ったその姿はいまもなお鮮明なはずだ。少年時代のAさんになったつもりでその姿を記憶にとどめた。

しばらくしたら、さっきの女性が戻ってきて買い物をしてくださった。話し込んでいたことを詫びると、貴重なお話をされていたので私も少し聞かせていただきました、とおっしゃったので安堵した。

戦争の本を読む、映画を観る、テレビの報道番組を観る。いままで、たくさんやってきたことだ。でも、面と向かって体験談を聞くという経験は、そのどれとも違った。記憶の断片は、その人とともに、私の記憶にしまわれる。少年だったAさんが見た映像を、何十年というときを経て、Aさんの言葉とその存在で私の眼球に映してもらった。

何かが起こったとき、居合わせた人の数だけ物語が存在している。こんなふうに話してもらえることはまれだから、本を読む。過ちを繰り返さぬよう、知りたいから読む。立場が違うと景色も変わるから、どちら側からも見たい。戦争が起きたとき、権力者の目と前線で戦う兵士の目は違うものを見る。大岡昇平の『野火』を読めば、ごく平凡な生活を送ってきた人間が人肉を食べるに至るという行動を通して、戦場がいかに人を異常な状況に追い込むかということを脳裏に刻むことができる。

テロの続くテルアビブに住む作家エトガル・ケレット。彼の書いた自伝的エッセイ『あの素晴らしき七年』を読んだ。それまでに漠然と抱いていたテルアビブのイメージは覆され、奇妙でおかしな出来事に笑い、見知らぬ場所に住む人たちの気持ちにいつの間にか寄り添っている。彼らは私たちとそう変わりはしない。

著者の両親はホロコーストを生き延びた。生き残り二世である彼は、戦時下の街で家族と暮らしている。息子が生まれようとする病院には、テロで怪我をした人々が担ぎ込まれる。公園でのママ友との話題は、子どもを将来、兵役につかせるかどうか、だ。イスラエルでは、暴力を見て見ぬ振りはできない。でもその一方では、電話の勧誘をうまく断れない話や、奥様方にまぎれてピラティスをする話が滑稽に語られる。暴力で満ち溢れた世界をユーモアや優しさでかきまぜながら、あるいは社会を風刺しながら、軽快な筆致で描写していく。遠い異国の戦時下の話なのに、親戚のおにいちゃんの話を聞いているような親近感をおぼえる。泣いたり、笑ったりして、酒を呑みながら聞いているように。そして彼らは見知らぬ人々ではなくなる。戦争をしているのも、テロ行為に及ぶのも、私たちとさほど差異のない人たちなのだ。

市井の人々の声を丁寧に掬《すく》い上げる人もいる。ベラルーシの作家、スヴェトラーナ・アレクシエーヴィチ。『チェルノブイリの祈り』では、原子力発電所事故を経験した人たちの声を拾い集め、『戦争は女の顔をしていない』では、ソ連の従軍女性の声を発掘する。彼らの封印されていた声。恐ろしくて、哀しすぎて、口に出せなかった話。ひとつとして同じ話はないが、そこにあるすべての話が起きた出来事の輪郭を浮かび上がらせる。普通だったらかわいいさかりの、ワンピース姿におさげがよく似合う少女たちが、短髪になり男物の下着を身につけ戦地へ赴く。命がけで武器を手に戦った女たちが、戦後は世間から白い目を向けられ、戦争体験を隠さなければならなかった。もちろん、この戦争には別の側面もあるだろう。でも、これも真実の一部だ。海軍で戦った女性は言う。

せめて一日でいいから戦争のない日を過ごしたい。戦争のことを思い出さない日を。せめて一日でいいから……。

東日本や阪神淡路の震災のとき、津波の映像や倒れた高速道路や燃えさかる炎に衝撃を受け、うろたえた。しかし、地震の本当の怖さはわかっていなかった。熊本という土地で生まれ育ち、そこから出ることなく生活していた。長い間、大きな地震のなかった土地で過ごし、浅はかにもそれが当たり前だと信じていた。そこに、あの二度の大きな揺れ。今日、死ぬのかもしれない、生まれて初めて本気でそう思った。真っ暗の野外で過ごした不安な夜。鳥の声が聞こえはじめ、東の空が明るくなったときの安堵感。でも、そこまでだ。建物が傷んだり、店の什器《じゅうき》が倒れたり食器が割れたりしても、幸いなことに身近に死はなかった。

いまでも、津波を体験した人たちの痛みは想像でしかない。震源地付近に住む方々の苦しみを心底理解することもできない。瓦礫《がれき》と化した街並みは見た。その倒壊した建物のそばで、家を離れることができずテント生活を続ける人たちも目にした。どんなに恐ろしかったろうと考える。つぶれた家々を見る。瓦礫の中には、おもちゃが転がっていた。日常を一瞬にして奪われる痛みを想像する。それは想像の域を出ない。

保育士のお客さんから聞いた話。ボランティアに行った先で、子供が積み木で家をつくりながら、こう言っていたそうだ。

僕は絶対大工になるよ。そして絶対に崩れない家をつくるけんね。

つくり終えて、その子供は丁寧にひとつずつ積み木をもとに戻したという。子供はふつう遊び終わったらぐしゃっと壊すものだけど、そうしないのは自分の家がつぶれてしまったからだろう。そう、保育士さんは言っていた。

物語が人の数だけある。いくつもいくつも、直に聞いた。そして、世の中は、わからないこと、知らないことだらけだということを実感した。でも、経験すべきでないことがある。例えば、原発事故。例えば、公害病。いわれのない差別を受けること。そして、戦争。どれも人災だ。経験しないために、加害者にならないために、話を聞き、本を読む。知る努力をして、想像する。そして、声をあげる。人間が愚かで弱いことを忘れないために。

また、今年もぎらぎらと暑い夏が来る。日本人が戦争に負けたことを思い出す日がくる。日本人には被害の記憶ばかりが残っている。東京大空襲、原爆が落ちた日、八月十五日。ドイツ人に戦争のメモリアルデーを聞くと、アウシュビッツが解放された日と、ヒトラーが首相になった日をあげるそうだ。加害の記憶。日本だって、負けず劣らずひどいことをしている。略奪に虐殺、人体実験。被害の記憶と加害の記憶。戦争には両方の側面があるだろう。過ちを繰り返さないためには、どちらも覚えておかないといけないのではないか。

よく店の前を通るおばあさんが、ずっと気になっていた。目を瞠《みは》るほど、美しく老いていた。きっちりと結い上げた白い髪。身に着けるものは細部まで気を配られている。あるとき、彼女が通るのを見た常連さんが、自分の小学校時代の先生だったとおっしゃった。戦争で結婚相手を亡くしてからはずっとおひとりなんじゃないかな、と。それ以来よけいに気になっていたところ、ある日、書店に入ってこられた。読みたい本ばかりだけど最近はあまり目がよくないから、と言いながらも何冊か買ってくださる。うれしくて、つい話し込んだ。熊谷守一《くまがいもりかず》が好きなのよ、とおっしゃった様子は、若い娘さんのようだった。熊谷さんのお連れ合いに似てらっしゃる、と言うと、あらいやだ、とまんざらでもない。熊谷さんの妻・秀子さんは、写真で見る限り、老いても艶《つや》のある佇《たたず》まいが魅力的な人だ。

そのうちに、戦争の話になった。長崎にいたのよ、原爆が落ちる直前まで。予定より早く帰ることになって。あのとき帰ってなかったら、あなたとこうしてお話しできなかった。戦争とは、こんな未来の時間をも奪うのだ。爆弾が彼女を吹き飛ばしていたかもしれなかった、大勢の人たちと一緒に。

彼女の姿は、最近ではもう見かけなくなった。当時の年齢を考えると、おそらく二度と会えないのだろう。そして、Aさんとも。Aさんの訃報が数年前に新聞に載っていた。

Aさんと最後に会った日の事はよく覚えている。

持ち合わせがないからと本を取り置きしていかれた後、お顔を見ない日が続き心配していた。ひと月以上が経ったころにようやくいらして、ほっとした。

だいぶ来んけん、死んだと思ったろ?

店に入った途端、軽口をたたいている。そうそう、思いましたよ、心配した。私も軽口で返すと、取り置きの本はあるかと尋ねられた。もちろん、と答えると、憎まれ口が返ってくる。

こがんいつ死ぬかわからんじいさんの本ば、ひと月以上も取っときなすな。なら、買《こ》うていこ。

それが最後だ。郷土史家だったAさんは、まだ書きたいことがたくさんあると言っていた。

ここは、みょうなか本ばっかりあるけん、困る。書く暇のなくなる。

みょうなか本、それは、たぶん褒め言葉だった。まだまだ、みょうなか本を見つけてほしかった。最後の本は、アリス・マンローの短篇集。その本を見るたびに、Aさんはこの本を読み終えたろうかと考える。

ママ

子供はいないが、たまにママと呼ばれる。喫茶店やスナックの女将《おかみ》もときにママと呼ばれるから、おかしくはないかもしれないが。そういえば、マダムと呼ばれたこともある。化粧もできない女で、まったくもってマダムという感じがしない見た目なのだが、喫茶店をやっているというだけでそう呼ばれてしまうのだから面白い。

誰が最初にママと言い出したのかと、店で話題になったことがあった。ゆうたではないかと、お客さんが言う。元スタッフの一人だ。彼は、京都から熊本の大学へ入り、店に来るようになった。

ある日、ゆうたが女の子と連れ立ってやって来て、二人からお願いがあると言う。その女の子がユッコだ。二人は同じ大学に通っており、それぞれの授業がない時間を合わせれば一人分働けるから雇ってください、と直談判しに来たのだ。彼らは、もうじきやめるスタッフがいることを知っていた。そうして、スタッフになった。二人ともすっかり大人になり、おのおのいろんな経験を重ねているが、まだ店へと足を運んでくれている。

他にもママと呼ぶスタッフはいたが、元スタッフが全員そう呼んでいたわけではない。もう熊本にはいない、あきちゃんとあすかちゃんという元スタッフとゆうただけが、ママと呼んでいた。あきちゃんは世話焼きで、みかんの皮を剝いてくれたり、私の具合が悪いときにおかゆをつくってくれたりして、むしろ彼女のほうがママっぽかったのだが、いまでも手紙にママと書いてくる。いまは結婚して子供も生まれ遠くに暮らしているが、誕生日だ、開店記念日だといっては、お祝いの品を送ってくる。そして、ごはん食べてる？　風邪に気を付けてね、などと相変わらず、まるで母親のような手紙を添えてくる。

彼女たちが呼ぶのを聞いて、つられたのだろう。その頃、ライブをしに来てくれた人たちは、だいたい私のことをひさこママと呼ぶ。おっさんたちからも呼ばれる。そんなでっかい子供を持った覚えはないと言ってみたりすることもあるが、いやなわけではない。ちょっと、こそばゆいだけだ。

カナちゃんが初めて唄いに来たのは、たしか店をはじめた翌年だった。高音がきれいな、透き通った声の人だ。彼女も私のことをひさこママと呼ぶ。東京に住んでいるが、ライブ以外でも、ときおりふらりとやって来る。

遊びに来てくれるだけではなくて、手紙やちょっとした贈り物も、ふいに届く。おめでとうの文字とともに自分の似顔絵を描いて、店の記念日にFAXを送ってくれたことも幾度かあった。遠く離れていても、ときに思い出してくれることがうれしく、彼女の文字を見てにやにやする。彼女の声と同じ、はずむような文字。店名のオレンジ（orange）のoの中には、必ず笑顔が描きこんである。

文字というのは、お人柄が出る。そう書いた途端、自分の情けない文字が浮かんで嫌になるが、誰かの文字を見るとよくそう思う。

京都に住む、アコーディオンを弾く女性がいる。コントラバスを弾く人と一緒にmamalmilkというインストゥルメンタルのデュオを組んでいて、店で初めて開いたライブイベントが彼らの演奏だった。祐子さんと恒輔さん。彼らにも、ひさこママと呼ばれている。

祐子さんがアコーディオンを弾く姿は、同性でも見とれるくらい、色っぽい。そして、たおやかだ。スリットからちらりとのぞく足。アコーディオンの蛇腹を大きく開いたときの背中のかたち。だから、その文字も艶っぽい。彼女が奏でる音のように抑揚のある、ほんの少しかしいだ文字。

二人が他の店でライブをする前に立ち寄ってくれたことがあった。大雨が降り続いていたときのことで、不安になりながら出勤したら、心配したとおり雨漏りがしていた。暗い店内に灯《あか》りを付けたら、床も本も濡れている。読んでいる本をカバンに入れて持ち歩いたり、風呂で読んだりしてぼろぼろになっていくのはより愛着がわくが、誰にも読まれていない本が濡れてしまうというのは、ほんとうに悲しい。

ブルーシートを敷いて応急処置をし、濡れた本をよけていると二人が入って来た。久しぶりの再会を喜びたいのに、浮かない顔で出迎えてしまった。事情を説明すると、ゆっくりお茶でも飲むはずだっただろうに、恒輔さんがぞうきんを貸してと言い、後片づけを手伝ってくれる。そして、祐子さんは濡れた本を買いたいと言ってくれた。お風呂で本を読むと濡れてしのびないと日頃から思っていて、最初から濡れていたら気兼ねなく読めるから、というようなことをやわらかな京言葉で言われると、こわばっていた身がほどけた。未読の本は自分で読めばいいし、もう持っている本は誰かにあげればいいや。その大雨の日は、他のお客さんからもたくさん慰められた。悪いことばかりは続かないと、つくづくと思った。

店を引っ越した次の夏、カナちゃんが家族を連れて遊びに来た。出会ってから、きっと、互いにいろんなことがあった。そのいろんな出来事の中には、知っていることもあれば、知らないこともある。彼女は、その夏、初めて店に子供を連れて来た。こういうときはいつも、親戚のおばさんのような心持ちになる。親戚付き合いがあまり得意ではないのに、都合よくそう思う。

カナちゃんたちは、お茶を飲んでゆっくりしたあと、お向かいの居酒屋さんに食事に行った。その間に、ちょうど帰省していた元スタッフのちばちゃんが来た。ちばちゃん来てるよ、とカナちゃんに連絡したら、食事が済んだあと帰り際にまた店に寄ってくれた。カナちゃんの息子は、もうすっかり店に慣れた様子だ。そして、私のことを、ひーちゃんママと呼んでくれた。自分が呼ぶのと同じようにママと呼ばせたら混乱するだろうと、居酒屋で呼び名を考えてくれたようだ。
ひーちゃんママ。ひとつ、名前がふえた。

おまけ

流しの三角コーナーのふちで、何かがうごめいてびくっとした。芋虫が這っている。なぜこんなところにと思ったが、そういえばさっき花瓶の水替えをしたとすぐに合点がいった。そのときに落ちたのだろう。お客さんにいただいた椿にくっついて、はるばるバスに揺られて、こんなところまで来た。ずいぶん前にもらったのによく生きていたものだ。来たときは目につかないくらい小さかったのだろうが、むくむくと育っている。

不思議なもので、ずっと店内にいたはずなのに、いると気付いてからは常に生き物の気配を感じる。目の端の、シンクの辺りが気になる。たまに、まだいるだろうかとつい目がいく。土も葉っぱもないところで、さぞや混乱していることだろう。

石牟礼道子さんがお亡くなりになった次の日にいただいた椿だった。侘助と月照。石牟礼さんは、椿が大好きだった。それから、もう一か月が経つ。花はほとんど落ちてしまった。

花をくださったお客さんの家は、いろんな庭木がすくすくと育っているらしい。もともと果樹園をされていたそうだから、土が肥えているのだろう。季節の花を、枝ごと運んでくださる。その度に名前を教えてもらうのだが、ちっとも覚えることができない。お正月飾りにと持ってきてくれるのが、千両なのか万両なのかを毎年訊いてしまう。赤い実が上につくのが千両、下に下がるのが万両と、何度でも丁寧に教えてくださる。

彼女の妹さんはギャラリーを営んでいるのだが、そこの庭も素晴らしく、訪ねるときは必ず見せてもらう。名前がわからない小さな花がたくさん咲いている。花びら一枚、葉脈の一筋に見とれる。見飽きることがない。彼女も花の名前をひとつひとつ丁寧に教えてくれるのだが、またしても、ちっとも覚えられない。近くには大きな湖があるので、鳥もたくさんやってくる。鳥が運んできた植物もあるのかもしれない。

そういえば以前見た写真集の中に、朽ち果てつつあるトーテムポールのてっぺんに草花が育っている写真があった。そのトーテムポールは、お墓にあった。鳥が種を落としていき、まるで冠をかぶったようになっている。トーテムポールは、墓棺柱として建ててあった。野生の動物たちの死骸とともに人間の亡骸も土に還ったのだろう。豊かな土壌から栄養分を吸い上げて、いろんな植物がところせましと生えている。

その写真を見ると、アスファルトの割れ目から生えてくる草や、廃屋の窓から屋内に侵入するツタが目に浮かぶ。そういうものを見ると、ほんの少し安心する。人間ごときに、すべての自然を壊すことなどできないと言われている気がする。

ギャラリーを訪ねると、ちょっと待ってて、と、庭の草花を摘んでくださることがある。あっという間に可憐な花束ができあがる。前にいただいたバラは、驚くほど香った。荒々しいほどに香った。原種に近いバラだそうで、血がしみこんだような黒っぽい赤色をしていた。まるで自分の手柄のように、すごいでしょ、とお客さんたちに香りを楽しませた。

いただきものが多いが、なるべく店に植物を置くようにしている。だから、店内にはあちこちに花瓶がある。花瓶もほとんどいただきものだ。先日、窓辺に座ったお客さんがテーブルの上をじっと見つめていた。どうしたのかと思ったら、テーブルの上を指して、これ見てみて、とおっしゃる。ものすごく小さい黄緑色のきれいな蜘蛛が歩いていた。四ミリくらいだったから、よく見ないと気が付かない。花にくっついてきた花蜘蛛だろう。花瓶のすぐそばを歩いていた。お客さんが帰られたあとも気にしていたのだが、しばらくして見失ってしまった。

蜘蛛を見ていたら、画家の熊谷守一の眼を想った。晩年は自宅からほとんど出なかったという。鬱蒼《うっそう》とした庭で、地に寝転がり空をみつめ、小さな生き物を観察し続けた眼。ただひたすらに、草を、蟻を、蝶を、猫を、あらゆる生き物を凝視したという。

地面を見つめていると、動いているような錯覚に陥るときがある。よく見ると、動いているのは蟻だ。それまで土としか認識していなかった地面に一匹の蟻を見つけると、次から次に見えるようになる。忙しそうな蟻の行列を目で追うのは楽しいが、そんなに長くは続かない。毎日、同じ庭で飽きることなく過ごす才能は、私には備わっていないらしい。どんなに見てもわからないが、守一さんによれば、蟻は左の足の二番目から歩き始めるらしい。地べたに寝転ぶ守一さんには、無数の生き物が見えたろ

う。たった一匹の花蜘蛛でも見飽きないのだから、彼にとって庭が無限であったとし
ても不思議はない。
しかし、こいつはどうするかな。どこかへ消えるわけもないから、芋虫はあてども
なく三角コーナーの縁にいる。鳥がついばむのも、子供が遊んでいてうっかり踏みつ
ぶしてしまうのもかまわないが、流しのごみと一緒に捨てるのはいやだ。外に連れて
いきたいが、見知らぬお客さんが一人いて店から出られない。逡巡していると、見知
った人がはいってきた。ここにさ、芋虫がいるんだけど、どうしようかなと思って。
そう言ってみたら、外に逃がしてくればいいんでしょ、と言って近くの公園へと連れ
出してくれた。でも、あちらこちら移動させられた芋虫は実はもう弱っていて、外に
逃がすのはただの自己満足なのかもしれない。芋虫はいなくなって、椿の枝だけが残
った。

子供の頃、家の斜め前の屋敷に椿の木があった。塀から枝が少しはみ出していたの
で、花が路上にぽとりぽとりと落ちていた。その落ちた花をひろって集め、食べ物に
見立てておままごとをした。地べたに座り込んでそんなことができたのだから、私道

だったのだろう。車が通った覚えもない。そのあとは、椿は朽ち果て土に還る。

コンクリートの上で、どこに還るあてもなく落ちている椿の花を見ると、その頃のことを思い出す。

されく

私の本は売れませんでしょ。

初めて石牟礼道子さんにお会いしたときに、同行した人が私のことを本屋さんだと紹介してくれたら、そうおっしゃった。そんなことはありません。自信のない声でそう答えたが、小さな書店で、どの本だってそんなには売れない。当時は書店をはじめてすぐの頃だったから、一冊も売れない日だってあった。いまだったら、胸を張って言える。たいして人の来ない本屋ですが、石牟礼さんの本はよく売れています。

石牟礼さんが亡くなった日の朝は、電話の音で目が覚めた。数日前から容態を聞いていたから、取る前から察しがついた。手短に話して切ったが、まだ電話から光がもれている。いくつかメールが届いていた。仕事中の人からきたメールに、橙書店でただただ悼みたい　寂しくて仕事にならないです、と書いてあった。

しばらく呆然としていたが、また電話が鳴りはじめた。このまま呆然としていたい気がしたが、ただただ悼みたい人が来るのであれば、店は開けなければいけない。いつも通り出勤して扉を開けると、石牟礼さんの詩の一節が目に入った。

　　ほんとうに　うたうべきときがきた　さようなら

もうすぐ出る『アルテリ』（五号）のチラシを入口付近に置いていて、そこには掲載する予定の詩を一篇載せていた。その一節だ。

　その日は、ギャラリーでの展示の初日だった。陶器の二人展。遠くから来てくださった陶芸家さんたちが、店を開けて大丈夫かと気遣ってくださる。しばらくすると、訃報を知ったお客さんたちがちらほらやってきた。閉まってるかと思った、そうおっしゃる方もいる。ほとんどの人が、石牟礼さんの本を一冊買って帰る。読んで弔うのだろう。この日は、石牟礼さんの本ばかりが売れた。

一度も会ったことないのに、どうしてこんなに悲しいんだろ。石牟礼さんの本を声に出して読んでいる、と前に言っていたお客さんがつぶやく。会ったことがある人も、ない人も、悲しみにくれている。店が通夜会場のようだ。近しい気持ちの人と同じ空間にいたい、と思って来店されるのだろう。葬式というのは、本来そういうものなのかもしれない。死んだ人のためではなく、残された人たちのためにある。

お昼過ぎ、二時頃に予定より早く『アルテリ』の最新号が届いた。ただの偶然だが、さようなら、という文字が目に入ると必然のような気もしてくる。仕事を抜け出してきたお客さんが、今日『アルテリ』があるのって贈り物のような気がする、と言っていた。

「震える海」というタイトルの豊田直子さんの木版画が表紙。暗い海がほのかに光っているように見える。そこに魂がさまよっているようにも見える。もう、石牟礼さんも自由になって、そこいらにいるのかもしれない。見せられなかったと思ったこの表紙も、見えているのかもしれない。

石牟礼さんは、幼い頃、村の老婆にこう言われたそうだ。

「うーん、この子は……魂のおろついとる。高漂浪《たかざれき》するかもしれんねえ」

熊本弁で、うろうろとさまよい歩くことを、されくと言う。魂が遊びに出て一向に戻らぬ者のことを「高漂浪の癖のひっついた」とか「遠漂浪《とおざれき》のひっついた」とわたしの地方ではいう、と石牟礼さんは書いている。

私も、子供の頃から本ばかり読んでいるから、されき癖がついた。どこにも行かずとも、本から聞こえる声をたよりに、されきまわる。石牟礼さんのように縦横無尽ではないけれど、よたよたとされく。

彼女の本を読むことで、その魂にお供させてもらう。遥か彼方にいらっしゃるときは、遠目で見るぐらいしかできないけど、せめて同じ方向を眺めてみようと、耳を澄まし、目を凝らす。普段は遠くにある、海の声、山の声。そして、私たちには見えなくなった山のあのひとたちの声が聞こえてくる。狐の仔になった石牟礼さんに会えはせぬかと、探してみる。

日が経つごとにさみしさは霧散していった。石牟礼さんの魂がそこここにあるような気がしてきた。居なくなったという現実感が、どんどん薄れていく。むしろ存在感が増してくる。

先日、石牟礼さんの車いすのメンテナンスを一時期していました、という男性が来店した。こんなにすごい作家さんだとは知らずに話を聞いていました、とおっしゃる。でも、その話は面白くていまでも覚えていると、いくつか教えてくださった。その方が問わず語りに聞いたどの話も、石牟礼さんが書き記した話とかさなる。しばらく書棚を眺めてから、石牟礼さんの本を読みたいから、どれか選んでくださいとおっしゃる。どんな人だったかを知りたいと言うので、自伝の『葭《よし》の渚』をすすめた。

別の日、また若い方が立て続けに、石牟礼さんの本を買っていかれた。一人の方は、帰り間際に私の方を振り返り、亡くなってしまわれましたね、と静かにおっしゃった。はい、残念です。そう答えながら、石牟礼さんの本はうちではとっても売れています、と石牟礼さんに言いたくてたまらなくなった。

3 同じ月を見上げて

巡り合わせ

水俣の写真を撮って来てくれないかと頼まれたことがある。十年以上前になるが、スイッチ・パブリッシングの新井敏記《としのり》さんに依頼された。石牟礼道子さんの講演録を雑誌に載せる際に添えたい、とおっしゃった。

少しだけ写真の仕事をやっていたことはあるが、店をはじめてからはちっとも撮っていなくて、まったく自信がなかった。お金がなくてカメラも壊れたままで、人からもらった古いカメラがあるだけだった。気が引けて、地元の写真家を紹介しますと言ったのだが、石牟礼さんの本を読んでいる人に撮ってほしいと言われ引き受けることになった。

撮影の当日は朝からどしゃぶりの雨だった。他に店を休める日がなかったので予定通り出かけたが、車の外に出るのもためらわれる程の雨がフロントガラスを叩きつけてくる。ワイパーがせっせと雨を払うのを見ながら、写真の腕も心許ないのに、この雨でまともな写真が撮れるだろうかと不安になってきた。しかし、水俣駅付近に着いた頃、飲み物でも買おうかと車を停めたらぴたりと雨が止んだ。

雨上がりの山は、稜線がくっきりとして静かだ。曇天の光は海の表情を豊かにする。人の気配はあまりないが、生類の気配が満ちてくる。久しぶりにひとりきりでうろうろと写真を撮る、そのことが楽しくなってきた。書店をはじめたばかりで、どこにも出かけていなかった頃のことだ。思いがけず贅沢な一日を手に入れた。

水俣の地理に詳しいわけでもないので、とりあえず海沿いへと向かう。茂道、袋、湯堂、百間港……。石牟礼さんの言葉をたよりに、様変わりする前の水俣の風景を思い浮かべてみる。

あちこち車を走らせて写真を撮りはじめた。船着き場、対岸の島、街並みやチッソ水俣工場。何枚か撮るうちに、毒のまわった魚を食べて踊り狂った水俣の猫たちのことが頭に浮かんだ。それで猫の写真も撮りたいと思い探しはじめるが、なかなか見つからない。いつもなら猫の気配にはすぐ気付くのに、どこにいるのか見当もつかない。

水俣の猫はあまりに人間に腹を立てているから姿を見せないのだろうか。やみくもに海岸沿いを走りながらそんなことを考えていると、ふいに、民家の前に灰色の猫がちょこんと座っているのが目の端をよぎった。車を停めてそろそろと近付いても逃げる様子はない。足とお腹だけ白くて毛がふさふさしている。すぐ近くまで近寄っても大丈夫だったのでシャッターを切っていると、どこからともなくもう一匹、鉢割れ猫も出て来た。慌ててレンズを覗いていると、家の奥から似たような白黒猫がぞくぞくと現れ、いつの間にかぐるりと取り囲まれていた。大きいのもいれば、まだ子猫のような小さいのもいる。人懐《ひとなつ》こい猫ばかりで触ってもちっとも嫌がらない。むしろ、よそから来た人間がもの珍しいようで、手を伸ばしてじゃれついてくるものさえいる。うれしくなって夢中で撮っていると、いつの間に移動したのか、鉢割れが防波堤の上にどうどうとした様子で座っている。海を背景に撮ろうと近寄ってみて気が付いた。耳がすこしちぎれている。ケンカのせいだとしたら正面から来た敵から逃げなかったってことだから、強いやつなのかもしれない。

水際に降りようとしたら、猫たちもぞろぞろと付いてきた。猫はいい塩梅にふくふくとしており、お腹が空いているようでもない。好奇心だけで付いてきているように見える。連れ立って浜辺に降りたら、転がっている木片で爪を研いだり、子猫同士じゃれあったりして遊んでいる。私の動きにはまったく頓着せず、存在を受け入れてくれているようだ。別れ難くていつまでも撮っているとフィルムがなくなった。

新井さんが初めて店に来たのは、その写真を撮った少し前のことだ。伊藤比呂美さんと対談をするために熊本を訪れ、立ち寄ってくださった。まだ書店を営んでいなかった頃のことで、喫茶店の片隅で本も少し売っていた。それで、スイッチ・パブリッシングの販売担当の方が新井さんにうちの店に寄るようにと伝えてくださっていたのだ。対談を企画した、当時、熊本近代文学館の職員だった馬場さんが案内してくださり、夜の懇親会の時間までゆっくりとくつろいでいかれた。私も懇親会に誘われたが、店を閉めてからでは遅くなる。行けないかもしれないと伝えたのだが、お二人から笑顔で去り際に「じゃあのちほどー」と言われ、少しだけ顔を出すことにした。

そこに伊藤さんや姜《きよう》信子さんもいた。いまでは店の常連となっている新聞記者さんや大学の先生たちも、何人かいた。到着して三十分もしないうちにおひらきになったのだが、有無を言わさず二次会へと連れてゆかれた。人数が多すぎて入る店が見つからず、カラオケボックスの小部屋ならゆっくりと話ができるんじゃない、と誰かが言い、タクシーで移動することになった。

二次会がはじまると、せっかくだからと歌っている人もいれば、そのかたわらでは、きゅうくつな場所で膝突き合わせて文学の催しをたくらむ人もいる。伊藤さんに〝熊本文学隊〟入ってね、と誘われ、新井さんからは伊藤さんの朗読会をやろうよ、詩集の原画展もやろうよと誘ってもらった。伊藤さんがスイッチ・パブリッシングから『コヨーテ・ソング』という詩集を出したばかりの頃だった。

帰り道では、姜さんと方向が一緒でなんとなく連れ立って歩いていると、イベントの相談があるんだけど、とまたもや誘われた。そのとき、いまでは〝熊本文学隊〟の番頭である跡上《あとがみ》さんも一緒に歩いていた。

いちどきにいろんなことに誘われ、酔っぱらってふらふらと家に帰った。みんな本気なのかな、酒の席だしな、などと思っていた。だが、みなさん次々と本当に連絡をくださり、店は熊本文学隊の事務局になり、伊藤さんの詩集の原画展をやり朗読会をやり、姜さんが連れて来たナミイおばあの唄会をやり……、それが途切れることなくいまだに続いている。

なぜいろんな人が店に来るんですか、と訊かれることがあるが、自分でもよくわからない。ありがたく巻き込まれているだけだ。実は、自分で企画したイベントはほとんどない。それまでも音楽のイベントや展示はやっていた。でも、本へと導かれるきっかけになったのは、いま思えば、この日なのかもしれない。それから一年経ち、私は本屋になっていた。

お小遣いをもらっていなかったので、高校生の頃は禁止されていたバイトをこっそりやって、本を買ったり、映画を観たりしていた。だから当時、雑誌を買う、ということは私にとってとても贅沢であった。それでも思い切って買っていたのが、新井さんがつくった『SWITCH』だった。本を読んだり、映画を観たりして気になっていた人たちのインタビューや写真が載っていて、立ち読みでは済ませられなかった。トム・ウェイツ、ヴィム・ヴェンダース、ジョン・アーヴィング……。いまのように、ネットでいろんな情報を得ることができなかった時代に、そこには知りたいことがたくさん載っていて、彼らの言葉を聴くことができた。

色褪せたその雑誌をいまでも数冊持っている。何度も引っ越したけど捨てられなかったのは、頁をめくると、若かった頃の自分が見えるからかもしれない。
イベントをやったり、雑誌に原稿を書かせてもらったりして新井さんと仕事をすることになると知ったら、その頃の私はたいそう驚くことだろう。巡り合わせというのは不思議なものだ。

営んでいた喫茶店の隣に書店をつくったとき、新井さんはすぐに店を訪ねてくださった。そして、想像したよりもずっといい、とおっしゃった。書店ができたことを心から喜んでくださっているようだった。書店で働いた経験もなく不安でしょうがなかった私は、その言葉にずいぶん安堵した。

バス停

この間、久しぶりにクルミッ子をもらった。鎌倉のお菓子で、クルミがぎっしりつまっている。好物だが自分で買ったことは一度もなくて、いつも到来物だ。この間は、元スタッフの、のりちゃんが送ってきてくれた。アクセサリーをつくっている彼女は、いつも納品の荷物にめずらしいお菓子をおまけで入れてくれる。大好物、とお礼のメールをしたら、知ってたか……とくやしがっていた。

地震のときには、段ボール箱に大量のクルミッ子を詰めて送ってくれた人もいた。クルミッ子だけではない。いろんな人がいろんなものを送ってきてくれて、ほんとうにありがたいことだった。

久しぶりに食べたら、鈴木るみこさんの顔が浮かんだ。初めて会ったとき彼女は鎌倉に住んでいて、お土産にクルミッ子をくれた。

少し前に、るみこさんから久しぶりにメールがきた。文筆家である彼女は当時、書評の仕事をしていて、紹介した本のことでお尋ねというか報告だった。『長い道』という本。

数年前に、石牟礼道子さんの随筆とともに、橙書店で買ったのは確かなのですが、薦められたのが石牟礼さんの方だったか、両方か、曖昧で。「熊本の橙書店の店主ヒサコちゃんに薦められたのではなかったか」と勝手にお名前を載せてしまいました、と書いてあった。

でも、きっとそうだったと思うの　今更ながら読んで、いい本だったから。

つぶやきのように添えてあった。

『長い道』は、幼少期にハンセン病を発症し、十歳のときに瀬戸内海に浮かぶ長島の国立療養所「長島愛生園」に入所して以来、七十年余をこの地で暮らす宮﨑かづゑさんが八十歳を超えてから書いた本だ。ずいぶん前に読んだが、やたらと人に薦めた記憶がある。るみこさんが気に入ってくれる気がして、きっと彼女にも薦めたに違いない。八十歳を超えているといっても、本を読むのが大好きな宮﨑さんの文章は瑞々しく、そして端整だ。私たちが想像しえないような苦労があり、さみしさがあり、痛みがあったはずだが、彼女が目と心で追うものは、日常のささやかな喜びや、私たちが見落とすような路傍にある美しさだ。狭い場所に閉じ込められていても、心は閉じ込められていない。彼女は、二冊目の本『私は一本の木』のあとがきで、きっぱりとこう書いている。

らい患者であろうが、世界一の大金持ちであろうが、何の隔たりがあるでしょうか。何にもありません。私は自由そのものなんです。

この本をるみこさんにお薦めしたのは、店でトークイベントをやってもらったときだったと思う。ゆっくり話せた記憶はないが、彼女が本を選んでいるときにお薦めを訊かれたのだろう。

イベントのときはいつもあたふたしているから、はるばるやって来てくれた人とも、ちっともゆっくり話せない。まず、誰かと二人きりになるということがない。

るみこさんと会うのは、そんなときばかりだった。話す相手が幾人もいて、話し足りない気持ちがいつも残る。

一度だけ二人きりになったことがある。彼女が熊本で仕事があったついでに店に寄ってくれたときのことだ。着いて早々、残念そうにおっしゃった。

あんまりゆっくりできないの。もっと早く来ればよかった。開店まで時間があったからマッサージに行ったら、顔にシーツの跡が付いちゃって、恥ずかしくて取れるまでうろうろしてたの。そんなの付けたまま来ればよかった。

そう言って、恥ずかしそうに笑っていた。

彼女が店を出ようとしたら雨が降り出した。傘を貸そうとしたら、飛行機に乗ってしまえば大丈夫だからと言う。じゃあ、バスセンターまで送ります。なんだか別れがたくて、つい口走った。お客さんがいないのをいいことに、カギをかけて出かけた。待合所まで行けば屋根があるから送ったらすぐに帰るつもりだったのに、めったにない機会のような気がして、バスが来るまで一緒にいると言ってしまった。突然手にした、隙間のような時間を手放すのが惜しくなった。
わたしたち、いつ会っても話し足りない気がするね。

ベンチに並んで座っていると、何気なく、るみこさんがそう言ってくれた。うれしくなって、二人ともおばあちゃんになったらゆっくりデートしましょうよ、と言ってみると、るみこさんも、それは楽しそう、ぜひデートしましょう、とにっこり笑ってくれた。

この間、私よりもずっと、るみこさんと仲がよかった友人の吉本由美さんからメールがきた。訃報だった。るみこさんはおばあちゃんになれなかった。病気療養中だということはなんとなく知っていたが、根掘り葉掘り訊けるような間柄ではなかった。だからこそ、るみこさんから久しぶりにメールをもらったときはうれしく、安堵した。また会えると思ってしまった。
彼女のインスタグラムのアップがなくなったからとても不安だったと、吉本さんからのメールに書いてあった。私はＳＮＳに疎いので、見たことがなかった。気になって、名前をパソコンで検索してみたら、インスタではなくツイッターのページを見つけた。最後は、『私は一本の木』に関するリツイートだった。彼女は、この本を読めたのだろうか。宮﨑さんの文章は、心を少し潤してくれただろうか。

そういえば、刊行されてからずいぶん経つのに二作目をまだ読み終えていなかった。いまが読むときのような気がして、その日から読みはじめた。途中、しばしばるみこさんの顔が浮かんだ。たとえば、「夫」というタイトルの章。

食事ごしらえをするかづゑさんを家の裏にいる夫がしきりに呼ぶ。彼女は手を止めたくないのだが、何度も呼ばれるので仕方なく戸のそばまで行く。「何？」と言おうとして片足だけ外にのりだすと、物置とわが家の庇《ひさし》のあいだの空が、明るめの小豆色に染まっている。さらに、向こうで待っている夫に近寄ると、西の空のあまりにも真っ赤な夕焼けに、ああ、と彼女は納得する。夫は、「さっきはもっと赤かったんだ」と、少し残念そうに言う。そしてそれからも時折呼びだされて、素晴らしい西空を見ることになる。

それから一年かそこらあたり、今度は夜空を見上げる夫が、「おい、ちょっと出てこい」と呼ぶ。雲ひとつないきれいな夜空に、丸い大きなお月様が一個、ぽかっと浮いているようであった、とある。実は、彼女は目の様子がおかしくなっていて、金色のお皿が六、七枚、パラパラッと末広がりに並んで見えるのだが、そうは言わない。夫は目のことを知らないからだ。見せたい気持ちがよくわかる彼女は、「な」という夫に、「うん、うん」と返す。

るみこさんの訃報を連絡してくれた吉本さんは、月を見るのが大好きだ。私もそうだから、満月の夜はよくメールをやりとりする。月、見た？　きれいですね。ちょっとかくれた。たわいのないメールのやりとりだ。

いつもいつも忙しかったるみこさんから最後にきたメールには、のんびり静養中です、と書いてあった。月や夕焼けをゆっくり眺めることはあったろうか。そうだといいなと思う。そして、一緒に眺められていたらもっとよかったのに、と思う。おばあちゃんになるまでなんて待たなければよかった、と思う。

最後のメールには、おばあちゃんデート、わたしも忘れてませんよ、と書き添えてあった。

透明なお客さん

風の強い日は、見えないお客さんが入って来る。

気候の穏やかなときは窓を開けている。そうすると、風が通ったとき、ギィッと扉が浮く。店を引っ越したばかりの頃は、音がするたびに振り向いていた。いらっしゃ……、うっかり声が出ることもある。そういう日は、人が入って来る回数より、風が扉を開ける回数のほうが圧倒的に多い。扉が開いても人が入って来ないので、カウンターに座っているお客さんが不思議そうな顔をして入り口を見る。

引っ越す前の店舗は路地裏のアーケードの中にあったので、光や風が入るということが新鮮で、お客さんも窓から外が見えるということが楽しいようだ。市電が通り過ぎるのも見えるし、人の往来も眺められる。春には、ほんのちらっとだが桜の木も見える。目の前が街路樹、という窓もある。いまは鬱蒼《うっそう》と茂っている。緑の葉っぱが窓の向こうに広がっていて、エアコンの効いた涼しい店内で借景を楽しめる。

いつだったか、窓の向こうの街路樹は何の木かとお客さんに尋ねられて、プラタナスかなと適当に答えた。でも、そのお客さんが次にいらしたときに、これフウの木じゃない？　とおっしゃった。調べてみて、と帰り際にもういちど念を押されたが、あわただしくて忘れてしまった。

翌《あく》る日、店の前に葉っぱが一枚落ちていて、調べていないことを思い出したから忘れないように拾った。まず、「プラタナス　葉っぱ」と入力して画像検索すると、出てきたのは、ぎざぎざとしていて三つに分かれている葉っぱだった。拾った葉っぱは、五つに分かれていて、あんまりぎざぎざしていない。「フウの木」で探すと、柔らかな葉っぱの雰囲気は似ているけど、これも三つに分かれている。「フウ　葉　五」と入れてみたら、モミジバフウという名前が出てきた。フウの木の仲間だった。うれしくなって、教えてくれたお客さんにモミジバフウでしたと早速メールしたら、「手のような形ですよね、葉っぱ」と返信が来た。たしかに、ちょっとむくっとして指の短い赤ちゃんの手みたいだ。風が吹くと、たくさんの手がひらひらと揺れる。

メールの返信は、彼女のちょっといい思い出話へと続いていた。でも、その話は書かない。その思い出は彼女のものだから。窓の向こうで手がひらひらとするたびに、こっそり思い出して楽しんでいる。

お客さんはこちらの都合にあわせて来てくれるものではないので、何時間も誰も来ないこともあれば、まとめて五人くらい入って来ることもある。狭いから、五人くらいでも混雑しているように見える。五人のうちの一人に当たった人は、それきり来なかったら、なんて繁盛している店だと思うことだろう。

店をはじめた頃は、お客さんが何時間も入って来ないと気が気じゃなかったが、長く営業していると、待ちぼうけなのも苦じゃなくなった。慣れたということもあるし、肝が据わったとも言えるかもしれない。引っ越してからは、狭くなった代わりに家賃も下がったから、ますます平気になった。

ずいぶん前に『かもめ食堂』という映画を観た。フィンランドのヘルシンキで食堂を営んでいる日本人女性が主役で、物語のはじめ、店にはちっとも客が来ない。いくつかのささやかな出来事がありつつ、次第に客が入って来るようになるのだが、物語のおわり、店は満席となる。そのあと、主人公がプールにぷかぷか浮いて、「かもめ食堂が、ついに、満席になりました」と言うのだが、そこで泣いてしまった。店をはじめたときの不安な気持ちと、お客さんが入りはじめたときの安堵がよみがえったのだと思う。まだ書店ははじめていなくて、喫茶店だけをやっていた頃のこと。おにぎりを握る場面で、ものすごくお腹が空いて、あげく泣いてしまって余計にお腹が空いた。思い返すと、若かったなと気恥ずかしくもある。

『かもめ食堂』は、しばらくして近所の電気館という映画館で再上映することになった。それで、映画館のスタッフたちに請われて、店でかもめ食堂メニューを何種類かつくることになった。おにぎり、豚のショウガ焼き、肉じゃが、パプリカのきんぴら。

それから随分と経ってから、その映画のフードスタイリングを担当した飯島奈美さんを、友人の川内倫子《りんこ》さんが連れて来てくれた。

最初は恥ずかしくて言えなかったが、一緒に飲んで打ち解けた頃、かもめ食堂メニューを店で出していたと白状した。味はまったく及ばなかったに違いないけど、お客さんは映画を観てお腹が空いているから喜んでくれた。そう言うと、もっと前に知り合っていたらレシピを教えたのに、と言ってくれた。きっと、お愛想じゃなくて、本気でそう言ってくれたのだと思う。

奈美さんと話していると、なぜなのかはうまく説明できないが、彼女のつくるものは美味しいに違いないと思えてくる。

向田邦子のドラマ『寺内貫太郎一家』では、脚本に献立が書いてあったらしい。献立がいろんな形で芝居の中にかかわっていて、消え物（劇中の食べ物のことをこう言う）の係が、献立を明細に指示して欲しいと言ってくるようになったそうだ。番組をプロデュースしていた久世光彦《くぜてるひこ》の『向田邦子との二十年』という本で読んだ。

脚本には、たとえば、〈寺内貫太郎一家・今朝の献立〉と銘打って、〈鯵《あじ》の干物に大根おろし、水戸納豆、豆腐と茗荷《みょうが》の味噌汁、蕪《かぶ》と胡瓜《きゅうり》の一夜漬け〉などと書いてある。この時代の当たり前の朝ごはんであっただろうが、なんと豊かな食卓だろうとうらやましくなる。文字で読んだだけで、お腹が空く。割烹着姿の加藤治子が目に浮かぶ。しばしばひっくり返されたちゃぶ台も思い出す。

ある日は、いろいろといつものようにメニューが並んだ最後に、〈ゆうべのカレーの残り〉と書いてあったそうだ。この〈ゆうべのカレーの残り〉と書いてある台本を見て、おおいに盛り上がったらしい。そういうの、あったあった。共有できる記憶、というのは空気を柔らかくする。このうれしさのようなものを、どうしたらテレビを観ている人たちに伝えることができるだろうと考えた末、久世さんは、その週の献立をそのままテロップで朝食のシーンに出すことにしたという。全国でテレビを見ている人たちが、あるあるそういうの、とどれだけ思ったことだろう。そして、連鎖するそれぞれのゆうべの記憶。

〈ゆうべのカレーの残り〉には小さな人生の真実がこめられていたのである、と久世さんは書いている。向田さんは、脚本でも小説でも、人生のささやかな真実を、何気ない一言や仕草や、献立にまで込められる人だった。

スクリーンで飯島さんの料理を見たとき、私は向田邦子ドラマの食卓を思い出した。久世さんの文章を再読していて気が付いた。彼女のつくる料理の色や形や湯気は、私たちの記憶とつながっている気がする。彼女の料理は、日常と切り離されていない。

昨日の夜は、店でライブだった。ウクレレを演奏するゼロキチさんと、弾き語りのチンペイくん。チンペイくんが、ずいぶん前につくったという懐かしい曲を歌ってくれた。彼は、若いときに書いたその歌詞が気恥ずかしいと言い、聴くこちら側の、その頃の気恥ずかしい記憶も一緒によみがえる。ゼロキチさんは、引っ越す前につくってくれた「ＤＡＩＤＡＩ」という曲を披露してくれた。店をイメージしてつくってくれたというその曲は、引っ越したあとのいまの場所にもしっくりくる。引っ越し前の最後のライブはゼロキチさんだった。そのとき、この曲を聴きながらいくつもの記憶のかけらが頭をめぐったことを思い出した。

ゆうべのカレーの残り、のような記憶が店にもあるのだろうか。店を開けてからいままでの間に、何人のお客さんが来たのか見当もつかない。

歌や言葉、あるいは人……さまざまな何かが、だれかれの記憶と少しでも重なるといい。同じではないけれど、それぞれの似ている感情を引っ張り出す記憶のかけら。

あったあった、そういうこと。

今日は、土曜日だというのに、来た人の顔を全部思い出せるくらいしかお客さんが来なかった。窓も開けていないから、風でドアが開くこともない。たぶん、お客さんが開けた回数より、私が開けた回数の方がだんぜん多いだろう。でも、毎日じゃなければ、こんな日もいいものだ。遠くから来たお客さんとゆっくり話ができたし。窓の向こうでは、モミジバフウの葉っぱがひらひらと手を振っている。

遠いけど近くにいるひと

遠くに住んでいるのに、ちっとも遠くにいる気がしない人がいる。倫子ちゃんもそのひとりだ。

ちょうど私が書店をはじめた頃に彼女は阿蘇の野焼きの撮影に通いはじめていて、それから二年くらいが経った頃、共通の知人が引き合わせてくれた。

野焼きは、春が近づくと一か月くらいかけて行われる。だから、毎年、春が近づくと彼女が現れるようになった。

何回目に来たときのことだったろうか。その年は、来るたびに風が強くて野焼きが延期になっていた。今度行くときは撮影できるまで帰りたくないので、書店の二階に泊まらせてもらえないかな、と連絡が来た。そこに泊まる人がいる、という話をしていたからだろう。もちろんいいよ、と答えた。到着する日を訊くと、連詩の発表の日だった。

二度、店を連詩の創作場所として提供したことがある。熊本文学隊の隊長である伊藤比呂美さんの発案だ。宗匠はどちらも谷川俊太郎さんで、初回はそこに四元康祐《よつもとやすひろ》さんが加わり三人で詩を編んだ。二回目はさらに覚和歌子《かくわかこ》さんとジェローム・ローゼンバーグさんが加わって詩人は五人となり、通訳としてジェフリー・アングルスさんも参加してくれたから、かなりにぎやかな連詩となった。あまりにぎやかで、途中から谷川さんは静かな書店の二階へと作業場を移し、みんな宗匠に訊きたいことがあると、のぼったりおりたりした。

私の仕事は詩人たちの面倒を見ることだ。お昼ご飯を用意したり、飲み物を用意したり、伊藤さんから「こっちとこっちの詩、どっちがいいとおもう—？」と尋ねられたりする。いちばん手がかからないのは谷川さんで、プリンタがもう一台ありませんかと尋ねられ、無いですと答えると、次の日にさっさと電気屋さんに一人で出かけ買って来られたりする。

倫子ちゃんが撮影を終えて到着したとき、私は連詩の打ち上げ会場にいた。それで、彼女には店で待っていてもらったのだが、結局、打ち上げのメンバーが二次会をやろうと一緒に店に流れて来たので、倫子ちゃんも巻き込んでの宴会となった。昼間からのイベントだったのでさすがに日付が変わる前に三々五々帰っていき、倫子ちゃんと二人きりになった。

伊藤さんが差し入れてくれた美味しい日本酒が残っているし、久しぶりだから、もうちょっと飲もう。名残惜しくて、一升瓶を抱えて、書店の床に座り込んで飲みはじめた。私はあまり酒が強くないのに、その日はかなり飲んだと思う。気が合うことにはお互い気が付いていたが、まだ長い時間をともに過ごしていない頃だった。話したいことがやまほどあったのだろう。一晩中話し込んで、ぐでんぐでんに酔っ払い、最後は床に寝そべっていた。もう久《ひさ》ちゃんもここに泊まれば、と言われたが、接客しなきゃいけないからお風呂に入りに帰るよ、とやがて夜が明けそうな時間に家へと帰った。

少し寝てしまって、なんなら開店が多少遅れてもいいや、と思いながら出かける準備をしていると電話が鳴った。覚さんからだった。「帰る前にそちらでお昼ごはんを食べたいと谷川さんがおっしゃっているけど、お店には何時にいらっしゃる?」と尋ねられた。眠いし、二日酔いだし、シンクの中は洗っていない食器であふれていた。どんなに遅くなっても片付けをせずに帰ったことなど一度もなかったのに、その日ばかりはあまりに酔っていて割ってしまいそうだったので洗わなかったのだ。かなりあせったが、なんとかいつも通り開店した。

店に着いて、まず倫子ちゃんに「寝ててもいいけど、もうすぐ谷川さん来るから、降りて来るときは着替えてね」と伝えた。

しばらくすると、ローライを首から提げて、倫子ちゃんが降りて来た。彼女は谷川さんと仕事をしたばかりだったのでまずは再会の挨拶を交わし、それから、宿泊のお礼に写真を撮ろうかなと思って、と言う。文学隊の人も数人来ていて、川内さんが撮ってくれるの⁉ と大喜びだ。書店の前に並んで、まるで親戚の集まりのような記念写真を撮った。後日その写真をプリントして送ってくれたのだが、みんな朗らかに笑っている。どの写真を見ても仏頂面か、ひきつった笑いを浮かべる私さえも、ほんとうにうれしそうに笑っている。この時間のことを、写真を見ると、ありありと思い出せる。

ただの記念写真になってもおかしくない写真が、そうはならない。どこが違うのかはわからないが、彼女の写真がなぜ人の心を惹きつけるのかは、少しわかったような気がした。

この頃だったと思う。彼女が店の書棚を見て、「相変わらず弱者の本ばかりおいてるね、そこがぶれないよね」とつぶやいたことがある。私は、そうだろうかと思いながら書棚を眺め、意識したことはなかったけど確かに弱者だらけだな、と合点がいった。水俣病患者にハンセン病療養所入所者、戦争の無数の被害者、さまざまな理由で差別される人たち、寄る辺ないひと……よりどりみどりだ。耳をそばだてたくなるのはかそけき声で、それは、人を圧しようとする大きな声よりも力強く魅力的だ。

しかし、彼女がのちに書いてくれた文章の中に、その言葉について、「弱者が描かれている、という意味だけでなく、弱っている人のための本が置いてある、という意味でもあったと思う」と書いてあった。私は、書棚を見ているときや彼女の写真を見ているときに、それらの言葉をときおり思い出し、いまもぶれずにいることができているだろうかと考える。

彼女はそれからずっと、野焼きの撮影が終わっても途切れることなく来てくれた。互いに、誰かと別れたり付き合ったり、仕事の転機がおとずれたりと、いろんなことがあった。私たちは会うたびごとにそれを報告しあった。会うのはいつも熊本で、彼女はカウンターで飲みながら、お客さんと言葉を交わしたり本を選んだりして、仕事が終わるのを待ってくれる。そうしているうちに、彼女は熊本出身の人と東京で出会い、さらに熊本と縁が深まった。

最初の本ができたとき東京でイベントをすることになり、いつか遊びに来てね、と言い続けてくれた倫子ちゃんのところに、やっとこちらから会いに行くことができた。うちに泊まってと言ってくれたので、編集者の川口さんと、熊本からの連れ二人と、みんなで彼女の家に泊まらせてもらった。

家は、都心から離れた、川の近くの自然が豊かなところにあった。はじめて訪れた場所という気がまったくせず、入った途端、ばあちゃんの家に遊びに来たような親近感を抱いた。ここは安心して気を抜いていい場所だと感じていた。イベントが終わったあと夜も更けてからたどり着いたのに、外のテラスにあっという間にごちそうが並ぶ。キーマカレーに、いろとりどりの夏野菜にワイン。料理上手なことは察していたが、食べるのは初めてだ。連れ合いのりょうさんも起きて待っていてくれ、ちょっとした宴会のようになる。川はせせらぎが届くほど近い。七月だというのに、風が気持ちいいから外にいても涼しく快適だ。川の向こう岸、木々が茂るその奥は暗闇だけど、生類の気配がある。静かで、にぎやか。

ごはんを食べたあとにリビングに戻ると、大きな窓から月が見えた。月の下では、闇夜の中で竹がそっと揺れている。気を許した人たちに囲まれてその光景を見ていた時間は、いまでもくっきりと思い出せる。言葉はあまり必要ではなかった。

次の日は、昼過ぎまで彼女の家でゆっくりさせてもらった。テラスでお昼ご飯をごちそうになり、そのまま外で寝てしまった。本当に夏休みのばあちゃんちのようだ。陽射しが強くなり、体のほてりを感じて目を覚ますと、彼女もリビングのソファで寝ている。

りょうさんが外仕事をはじめると、何やら手に包んで持って来た。開くと、目が覚めるような色合いの玉虫が現れた。小さな体に光を受けて、きらきらと光っている。金属のようなこの光沢を、鳥は怖がるそうだ。まるで虹を背負っているような虫だ。倫子ちゃんはいつの間にか、カメラを持って来て玉虫を撮りはじめた。

こんなふうに何気なく過ぎていく瞬間を、彼女がレンズをとおして捉えると、生や死や、そのあわいが浮かび上がる。
撮り終わると、りょうさんは、玉虫をそっと外へと放った。

泣く女たち

学校の椅子は、他の椅子と何が違うのだろう。店を開くとき、什器《じゅうき》やなんかを探して古道具屋さんを廻った。倉庫みたいな建物の二階に積み上げられた白い椅子を、いくつか買った。学校で白い椅子を見たことはないが、これは学校の椅子だ、と見た瞬間に思った。

いまさらながら確認してみたら、背板の裏にKOKUYOのシールが貼ってあって、166〜179㎝と書いてある。ということは高校生が座っていたのだろうか。買うときには、そんな細部はまったく気にしていなかった。こんなシールあったっけ、と驚いたくらいだ。吟味して買い物をするということが日頃からできない。

学校の椅子だよね、と言いながら腰かけるお客さんも多かった。懐かしい、という言葉がそれに続く。店の引っ越しをして店内が狭くなったのでほとんど知人にあげてしまったが、ひとつだけ家に残している。座面に何かで削って描いたような絵が残っている。いかにもデッサンしましたという感じで、人間の手が描いてある。手は、握りしめる少し手前、といった様子だ。あるいは、見えない何かを持っているようにも見える。たぶん、右利きの人が左手を見て描いた。なぜ、わざわざここに描いたのだろう。誰が描いたのだろう。学生が描いたのだろうか。まさか、先生ではあるまい。床に座り込んで描いたはずだ、授業中ではないだろう。休み時間か、放課後か。放課後に友達としゃべりながら、なんとなく手が動いたのかもしれない。それとも、もやもやとした気分の放課後、ひとり教室に残って削ったのかもしれない。この椅子に手を刻んだ人がいまもどこかにいるのか、いないのか。このあと、どんな人生を送ったのか。

椅子に刻まれた手を見るたび妄想がふくらむが、お客さんもこの椅子が気になるようだった。いまでは家にあるから、たいてい猫が寝ている。猫は絵のことなんて気にしていない。

本当は別の椅子を残すつもりだった。その椅子にも絵が描いてある。そちらは、描いた人もわかっている。開店直後から付き合いのある、絵描きの小池アミイゴさんだ。音楽に親しい人で、何度かライブを企画してくれたのだが、打ち上げの騒ぎのいきおいで座面の裏に描いてもらった。そのとき歌ってくれたオオタユキさんの似顔絵だ。椅子に描いてと言ったのは、たぶん私だ。きっと、手の絵が頭をよぎったに違いない。それに、椅子ならもし店をつぶしても持っていけると思ったのだ。それなのに違う椅子を手元に残してしまった。引っ越しの混乱の中で椅子を譲ったので、間違って渡してしまった。

そのことに、この文章を書きはじめて気が付いた。でも、渡した相手はわかっているから大丈夫だ。二人いるのだが、どちらもお店を営んでいる。洋食屋さんと八百屋さん。だから安心している。どちらにあるかわかったら、持っている椅子と交換してもらってもいいし、そのままそこにあって、たまに見に行くのもいいかと思っている。

アミイゴさんは、恥ずかしがりやだ。目が合うと、ほぼそらされる。本当はとても情が深い人なのに、そんなそぶりは見せないようにしている。しているが、それがすっかりばれているような人だ。お客さんと絵を描くワークショップをしたり、歌う人を連れてきたりとずいぶん遊んでもらったが、店に用事がないときでも、熊本に来たら立ち寄ってくれる。時間があまりないと言って、ビールをさっと一本だけ飲んで、すいっと帰ることもある。

熊本地震の十日ほど前にも、ふらりと現れた。互いに相変わらずだということを確かめて、またね、といつでも会える人のように挨拶を交わし見送った。普段は、遠く離れたところにいるけれど、気持ちはご近所さんのつもりでいる。

地震のあとは、しんから心配してくれた。心配しているのは、熊本のことだけではない。東日本大震災のあとは何度も東北へ通い、友人をつくり、ひたすら絵を描いている。アミイゴさんは、チャリティーという言葉を使わない。アミイゴさんのそれは、支援ではなくてコミュニケーションだ。

少し落ち着いた頃、絵をしばらく店に飾りませんか、とアミイゴさんに訊かれた。『赤崎水曜日郵便局』という本の装画をアミイゴさんが描いている。熊本の小さな町の廃校になった小学校を郵便局に見立て、この世界のどこかで暮らす人たちから送られてきた水曜日の出来事を、また別の誰かに送るというアートプロジェクトをまとめた本だ。赤崎小学校は、八代海の海辺にある。津奈木町《つなぎまち》というところで、まわりを山に囲まれているから学校の敷地を広く取れず、校舎が海にはみ出たらしい。そこが、ポストの代わりになった。

手紙を出した人には知らない人からの手紙が届く。その試みを聞いたとき手紙を出したいと思ったが、無精者だから結局出さなかった。だから、手紙は届かなかったが、絵が届いた。

一枚だけなので、誰の目にも留まるよう、ギャラリーではなくて喫茶のスペースに飾った。白い壁に海がぽっかりと現れた。地震で散らかったものはあらかた片づけていたが、天井がはがれたところがあったり、柱にひびが走っていたり、店内はどうしても荒れた印象をぬぐえなかった。でも、絵が一枚そこにあるだけでずいぶんと明るくなった。海に反射する光が店内にも差し込んだみたいに。

旧赤崎小学校は、山と海の境目にぽつんと浮かんでいる。一度見に行ったことがあるが、不思議な場所だった。校舎がほんとうに海上にある。船みたいだ。この小学校の卒業生は海の上で授業を受けていた。廊下の丸い窓から見える海は、誰の記憶にも鮮明に残っているだろう。さざ波は眠りを誘わなかっただろうか。波の音がよみがえらせる記憶は、私たちのそれとは全然違うだろう。先生の声や、チョークが黒板をたく音、学校のチャイム。よみがえるのは、楽しいことばかりではないかもしれない。いいことも悪いことも、波の音が連れてくる。

非常階段の手すりの向こうは海だ。私はろくに泳げないので落ちたら怖いなと思ってしまうが、海の近くで育った子供たちは泳ぎが達者だから、きっと平気なのだろう。そういえば、高校生の頃、この町の近くにある友達のおばあちゃんちに同級生数人と泊まりに行ったことがある。友人には地元の幼馴染がいて、みんなで海に行ったら、地元の子たちはすいすいと泳いでいた。

海の上にある小学校の記憶を持つ人たちがうらやましくなってくるが、ここはもう廃校になって入ることもできない。旧赤崎小学校の元生徒たちは、学校の椅子を見たら、ああ懐かしいと思って、波の音が聞こえてくるのだろうか。

アミイゴさんからラブレターをもらったことがある。直接ではなく、てぬぐいに添えられて長崎の諫早《いさはや》からやってきた。オレンジいろしたくまもとちゃん、と題した文章だった。そのてぬぐいは、〝ＰＥＡＣＥてぬぐい〟といって、東日本大震災のあとから、何度か刷りを重ねつくられているもので、その都度、売り上げの一部がどこかに寄付されている。デザインはアミイゴさんで、日本列島が小さな島まで全部描いてあり、東北に赤いハートが描いてある。そして、アミイゴさんが出会った人へのラブレターや、彼らからの報告の手紙が添えられている。私はそのことを恥ずかしながらずっと知らず、〝PEACEてぬぐい〟を企画した諫早のオレンジスパイスさんというお店の方から送っていただいて、初めて知った。恥ずかしがりやのアミイゴさんに代わって、送ってきてくださった。

ラブレターは、店と店につどう泣き虫女たちにあてて書いてあった。以前、アミイゴさんが連れてきたうどんさんのライブで、何人ものお客さんが彼女の曲を聴いて泣いてしまった。それ以来、泣き虫女たちと呼ばれている。たぶん愛情込めて、そう呼ばれている。その手紙は、地震で心がくたくたになった泣き虫女たちを、またもや泣かせた。

手紙の終わりのほうにこう書いてある。

ボクは愛しきオレンジちゃんたちと「またね」と言葉を交わし、軽くハグし、

「ほんとにまたね」と心で繰り返したら、なるべく振り返らぬようにして旅を続ける。

またね、はちゃんと果たした。アミイゴさんは地震のあともすぐに現れ、移転した店にもふらりとやってきた。ビールをささっと飲んで、またねと言いながら、階段を振り返らず降りて行った。

常宿

あれ、なにこれ。お客さんがつぶやいた。

石のかけらのようなものが落ちている。親指の爪くらいの大きさで、マジックで描いたような黒い線がある。さっき、カチャンって音がしたんだよね。誰かがそう言うと、みんなできょろきょろしはじめる。カウンターの向こうで天井を見上げていたお客さんが、ここじゃないの、とおっしゃる。かけらをその部分にあわせると、ぴたりとおさまった。躯体《くたい》には関係ないから大丈夫、欠けた部分を見つけたお客さんがそう言うと、みんなすっきりとした気分になって、また雑談をはじめた。かけらは、どうするつもりもないが箱にしまった。

少しでも高くするために板を剝《は》いだので、天井はむき出しだ。鉄線や釘が見えたり、ビルを建てたときに付けられた印なのか、〇みたいなマークなどが書いてあったりして見飽きない。かけらの黒い線は印の一部なのだろう。天井の色は墨色で、いい塩梅に濃淡があり、それが模様みたいに見えるところもある。だから、塗らずにそのままにしてある。あまりに疲れたときは、緑色の椅子に座って顔を仰向けて、天井を眺める。雲を眺めているときと似ている感じがして、気持ちが落ち着く。あまり長く座っていると何もしたくなくなるので、ほんの一分くらい。三階建てのビルの二階部分を借りているが、上階の人たちの足音は聞こえない。

最初に店を構えた場所は、二階建ての長屋造りだった。喫茶店側は真ん中の部分は吹き抜けで、左右にひとつずつ天井の低い小部屋があった。カウンターの上の部屋を人が歩くとミシミシと音がしたものだ。

片方は物置にするつもりだったので何もしなかったが、もうひとつの部屋は、床にタイルカーペットを貼り、壁を白く塗った。そこは屋根裏部屋みたいで、天井がかまぼこのように丸くなっていたから、はしっこを歩いていると頭をぶつけることがあった。一度、酔っぱらって上がり頭をぶつけ、強打しすぎて床に倒れたことがある。階下から、大丈夫ー？と声がしたので、ぶつけた音は下まで響いたようだ。二階に上がる階段はかなり勾配が急で、気を付けてくださいね、とよく声をかけた。心配で滑り止めまでつけたが、結局階段から落ちたのは私だけだった。

店をはじめたばかりの頃、〝映画の会〟と称して、その部屋でお客さん五、六人と映画を見ながら飲み会をしていた。その会がはじまったのは、『ダンサー・イン・ザ・ダーク』を見たせいだ。映画を見た日、お客さんたち数人と映画館で一緒になった。そのまま酒を飲むことになり、映画の話で大いに盛り上がった。

話はつきることがなかった。ハンディカメラを使った映像について。登場人物の感情について。ビョークのすばらしさについて。ラストシーンについて。こんなに一本の映画で話が盛り上がるのだから、おのおの好きな映画を交代で持ち寄り、みんなで鑑賞しながら酒を飲もうということになった。どちらかというと、飲むための理由付けだったに違いない。お客さんたちがお金を出し合ってテレビを買ってくれ、家からこたつをもってきて準備が整った。月に一回くらいだったろうか、交代で見せたい映画を誰か一人が持ってくる。つまみは、店屋物を取ったり、持ち寄ったり。天井の低い部屋で、みんなでこたつを囲んでテレビの画面を見ていると、茶の間みたいだった。

結局、酒を飲んでわいわい言っているので映画には集中できなかったのだが。何を見たかはあまり覚えていないが、それぞれ自分が持ち込んだ映画への愛着をしきりに語っていたことは覚えている。

ギャラリーをやる気などさらさらなかった。以前、喫茶店の壁際で小さな展示を一度やったが、それきりのつもりだった。けれど、行きがかり上、やることになった。二階の小部屋で絵の展示ができないか、と常連さんに訊かれた。アジサカコウジという絵描きの友人がベルギーにいて毎年夏に日本に帰ってくるから、その時期に展示をする場所を探している、と言う。二階はエアコンの風が届かないので暑いかもしれないと伝えてもらったら、費用を出すからウィンドファンを付けたらどうか、と本人から返事が来た。こたつとテレビは撤去することになり、ウィンドファンが付くことになった。

彼の絵は印刷媒体でよく見かけていた。しかし、原画の存在感には圧倒された。狭い部屋の中に人物画をひしめくように展示したのだが、そこは部屋ではなく、彼らの存在するどこか別の世界となった。会期中、何度もそこに入った。

部屋の中心に座ると——天井が低いので靴を脱いで入る展示室だ——彼らを見つめるのではなく、彼らに見つめられているような心持ちになる。射貫くような彼らの眼に見つめられ、ひとりひとりがどういう人物なのかと考えていたはずなのに、おまえは誰なのかと問われているような気がしてくる。知らぬ街を歩いているような不安と、自分で自分が何を感じているのかわからない心のざわつきが襲ってきた。

こんなちっぽけな部屋でも、使う人によって場の空気が変わる。その部屋は、ギャラリーと呼ばれるようになった。

アジサカさんは、数年たって日本に戻ってきてからも何度も個展を開いてくれた。展示のときは、彼の子供たちも一緒に来る。最初は幼かった彼らが、毎年確実に成長し、親離れしていく姿を見てきた。年一回しか会えないから、変化は大きく感じる。めったに会えない親戚のおばさんのようなものだ。何をしてあげられるわけでもないが、大きくなったねと感嘆し、勝手に喜んでいる。

書店側の二階にも屋根裏のような小部屋があるのだが、彼らはそこに泊まることもあった。三人で川の字になって寝たことだろう。大きくなった子供たちは、父親抜きで泊まりに来たこともある。自転車で一人旅をするから。彼氏と旅行するから。そのたびに、おお、大人になろうとしているなとうれしかった。

彼らだけではない。そこには、いろんな人が泊まった。写真家や、詩人や、歌う人……。風呂もベッドも何もないが、昼でも薄暗いその部屋は、妙に落ち着く場所だった。たいていの人は酔って寝るだけなので、風呂がないことも、寝具が適当なことも気にしない。そもそも気になる人は泊まらない。

そこにいちばん多く泊まったのは、毎年、春と秋に洋服の展示をするデザイナーの大鶴憲吾くんだ。彼は、アジサカさんが紹介してくれた。絶対に気に入るからと説得され、出不精なのに、めずらしく福岡まで洋服を見せてもらいに行った。それから長い付き合いがはじまった。

憲吾くんは、会期中の週末はいつも書店の二階に泊まった。夏や冬は、暑すぎたり寒すぎたりするが、彼は季節の変わり目に展示をするから泊まるにはちょうどよい。一度の展示で、四、五回は泊まる。十回以上展示しているから、かなりの回数泊まっているはずだ。

もともと建築の勉強をしている人で建物にも詳しいので、引っ越しのときはいろいろと相談を聞いてもらった。決まったときは、いい物件が見つかったねと喜んでくれたが、きっと、二階の小部屋には未練があったろう。もしかしたら、誰よりもその場所で過ごした時間が長かった人かもしれない。

最後に店に泊まったとき、建物の中や外をぐるぐるとまわり写真を撮っていた。名残惜しそうなその様子を、小部屋のことを考えると思い出す。愛着を持ってくれていたのだろう、と思い出す。

ギャラリーでの最後の展示は、元スタッフのちばちゃんのアクセサリーだった。彼女は、毎回その部屋を草花で飾り、香りで満たした。天井から花や枝ものの植物を垂らし、アーチをつくったこともある。そこに作業用の机を置き、つくりながら展示をしていたから、お客さんはまるで彼女の部屋に遊びに来ているように感じたことだろう。

靴を脱いでその部屋に入る。彼女の人懐こい笑顔で出迎えられると、ついついみんな長居することになる。彼女の高らかな笑い声が、二階からいつも降ってきた。展示を撤収するときになると、毎度飽きもせずに寂しくなり、今日であたしの部屋もなくなるとしょげていた。だから、最後の展示のときは、いつにも増して寂しそうだった。

この部屋が大好きだったと涙ぐむ。展示中、そこで起きたいろんなことも思い出していたのかもしれない。泣き虫の彼女は、いまでも写真を見ただけで泣いてしまうことがあるはずだ。

新しい店の最初の展示は、憲吾くんだった。そこには、いただきものの木レンガが床一面に敷いてある。彼の紹介でもらえることになった木レンガだ。油のにおいが染み込んでいた。新しい部屋にもみんな馴染んできたころ、油のにおいはあまりしなくなった。

とくとく

耳元で、とくとくとく、と人間より早い心音がかすかに聞こえると、少しだけさみしくなる。たまに店に連れて行く白猫は、いつも顔の横にぴたりと寄り添って寝る。二人で寝ているときは、必ず真ん中に入ってどちらかに寄りかかる。最初は、ぐるぐるぐる、と喉を鳴らす音が聞こえるが、寝入ると静かになって、耳元に小さな心音が聞こえてくる。とくとくとく。人間より心音が早いということは、それだけ私より早く死んでしまうということだ。

白猫の名前は、白玉《しらたま》だ。目やにで目がふさがって見えずに、車道の際でいまにも車にひかれそうなところを保護された。初めて会ったとき、小さくてやわらかくて真っ白で、白玉だんごみたいだったから、そう名付けた。いまでは、どちらかというと、大福か鏡餅みたいになっている。白玉だと呼びにくいので、しいくんと呼んでいるが、元スタッフのゆうたは社長と呼ぶ。もう十年以上経つので常連さんとはすっかり顔なじみだが、ほんとうは、白玉はうちに来るはずではなかった。

ある日、日中だけでいいから猫を預かってくれないかと知り合いに頼まれた。里親を探しているらしい。成猫ではないが、生後六か月くらいで子猫というには少し大きめだ。かなり弱っていたので、元気になってから里親を探そうと思ったら大きくなり過ぎてしまい、なかなか引き取り手が見つからないと言う。こんなにかわいいのに、大きいとだめなのか。たしかに、小さくてかよわそうに見える方が里親は見つかりやすい。

預かってみると、見目《みめ》がよいだけではなく、人懐こくて温厚で賢くて、とても性格のよい猫だった。この猫が後《のち》の白玉なので、こんなことを言うとまるで親バカみたいだが、いままで一緒に暮らしてきた猫や、知り合った猫と比べても、こんなに優しい猫はなかなかいない。たとえ、子供がしっぽをひっぱろうとも怒らない。

数日経って、ほしいという人が現れた、と保護している人が言ってきた。喜ばしいことなのに、なぜだか少し浮かない顔をしている。またしばらくして、事情があって話が流れたから、引き続き里親を探すことになったと報告があった。かまわないのだが、預かる日数が長引くと情がうつって別れがつらい。しかも、当の猫がすっかり店に馴染んでいる。お客さんの中には、うちの猫だと思い込んでいる人もいるようだ。里親になりませんかと訊いても、すっかりここに馴染んでいるから看板猫でいいじゃないですか、などと言われたりする。早く決まらないと、本格的に情がうつりそうだと気が焦る。そうこうしているうちに、もうすでに猫がいるから仲良くできるか心配だが、里親になってもいいと言ってくれる人が現れた。試しに家に連れていくと、先住猫とも折り合いがつきそうだ。早速、里親が見つかったと連絡をすると、なぜか改めてお願いがあるから店に行きますとおっしゃる。

彼女は、たくさんの犬や猫を保護してきた人だ。だから、保護したり里親を見つけたりという行為は、彼女にとってはそんなに非日常ではない。だから、なぜ今回だけ里親を決めかねているのかと不思議だった。私に里親になってほしい、というのがお願いだった。

よくよく話を聞いてみると、こういうことだった。

自分にとってこの猫は、特別な猫です。長く一緒にいたから情がうつったのはもちろんだが、こんなに性格のよい猫は初めてで、保護している他の犬や猫にも優しい。でも私は、病気が治らなかったり、体に障害があったりする場合にだけ手元に残すと決めています。そういう犬や猫は貰い手があまり見つからないから、彼らのためになるべく場所を空けておきたいので、貰ってもらえるような健康でかわいい猫は里子に出さなければいけません。でも、この猫だけはどうしても知らない人には渡せなくなってしまったから、里親になってくれませんか。

いままでにたくさんの犬や猫を保護してきたけど、こんなこと言うのは初めてです、と一生懸命に説明してくださった。そんなに思いが強いのならそのまま家に残してはいかがですか、と言ったのだが、どうしてもだめだとおっしゃる。きっと、自分のところにいるより幸せだと思う、そうまで言われたら断れなかった。断るには私も情がわき過ぎていた。結局、白玉は正式にうちの猫になった。

最初は店に連れて行くつもりなどなかった。そもそも、猫は縄張りから出たがらないのが普通だから、白玉だって連れて行ってほしいなどとは思わないだろう。ところが、お客さんと顔なじみになっていたせいで、今日はいないんですかとたびたび訊かれる。うちにいた、もう死んじゃった猫にそっくりなんです、とおっしゃるお客さんもいた。会えずにがっかりするお客さんの顔を見ることに耐え切れず、店に連れていくようになった。白玉も、車での移動は好きではないが、店も縄張りと思っているようで到着すると案外くつろいでいる。どんどん顔がかわいくなるなあ、かわいがられると顔が変わるんだよ、ご近所さんがおっしゃった。愛想の悪い店主の代わりに、愛嬌を振りまいてくれている。

とはいえ猫なので、子供が好きではない。急に大声をあげたり、追いかけたりするからだ。かわいいーと連呼する女子の集団も苦手で、むしろおじさんのほうが好きだ。騒々しいときは二階に引きこもって寝ていた。

猫はよく寝る動物だ。よく寝るからねこ（寝子）だという説もあるくらいだ。夜行性だから昼は寝てばかりいるという話だが、うちの猫は夜も人と一緒に寝る。いまは昼間で、定休日だから家で原稿を書いているが、猫は寝たり起きたり邪魔したりしている。寝ていても、そこにいるだけでそばにいる人の気持ちを柔らかくする。寝ているだけで誰かの役に立っている。少なくとも私の。すごいことだ。私がそこらに寝転がっても誰の役にも立てないだろう。

ある日、お会計のときに、今日は猫いますかと尋ねられた。書店のほうで寝ています、と言うと、こうおっしゃった。

私的なことで恐縮ですが犬と猫を飼っていて、数日前に犬が死んで食事がのどを通らなくなっていたんです。でも、今日ここに来たら気持ちが落ち着いて食べられました、ありがとうございます。

途中から、目に涙が浮かびはじめる。年はいくつでしたか？　と訊くと、十五歳くらいだったとおっしゃる。気が利いた言葉も浮かばないので、よかったら白玉に会ってやってくださいと、猫にまかせた。

店を引っ越してからは隠れる場所がなくなったので、お客さんには申し訳ないが、たまにしか連れていかない。引きこもる場所がないと、あまり寝ないからだ。人間のことはちっとも怖がらないが、人の出入りには敏感だからすぐに起きてしまう。もう結構な年だし、寝不足になると体調を崩してしまうだろう。だから、普段は家でゆっくりしているが、たまに店に行くと張り切って接客している。

猫は人間ほど見た目で年齢がわからない。白玉は若いときから穏やかな猫だったので、もうおじいさんですか、とよく訊かれていた。連れていかなくなったから死んだかもと思う人もいるようで、元気ですか、とおそるおそる尋ねられることもある。まだまだ元気だが、確実に年は取っている。歯が少しずつ抜けているし、筋力も衰えているはずだ。心なしか、毛も少しばさばさしてきた。だけど、年齢のことはつい忘れてしまう。四六時中一緒にいて甘やかしたし、お客さんにもかわいがられて褒められ通しなので、おじさん猫になっても甘えん坊だ。構ってほしいときは背中に飛びついてくるし、いまだに猫じゃらしにもじゃれる。あまり変わらないような気がするから、いつまでもそばにいてくれるような気になっている。だけど、それは気のせいだということもわかっている。

一緒に寝ているとき心音が聞こえると、いつの日か来る別れを少しだけ覚悟する。とくとくとく。うちでよかったのかい、と尋ねてもしょうがないことを考える。なるべく長くこの心音を聞けますように、と思いながら自分も猫の寝息につられて、あっという間に寝入っている。

とくとくとく。

秘密の夜

夢に村上春樹さんと吉本由美さんが出てきた。

幾人かで食事をしているのだが、途中で吉本さんがどこかへ行って、村上さんから吉本さんは最近元気にやっていますか、と訊かれる夢だ。はっきり覚えていないのだが、幾人かの一人は、都築響一さんだったかもしれない。村上さんや都築さんが店を訪れたときに、吉本さんのことよろしくね、と言われたからに違いない。三人が仲良しだということは、共著の『東京するめクラブ　地球のはぐれ方』があるから、ご存じの方も多いだろう。

なぜ、村上さんが店に来たんですか？　といまでもたまに尋ねられる。村上さんが猫の白玉にいつか会ってみたいと思っていたから、と答える。でも、白玉に会うのはついでで、熊本に帰って来た吉本さんに二人が会いに来る、というのが本来の旅の目的だった。

「白玉に会ってみたいってハルキさんが言ってるから、いつか遊びに来るわよ」と、吉本さんから以前言われたことがある。本当にいらっしゃるかもしれないけど、吉本さんと遊ぶついでにちょっと寄ってくださる程度だと思っていた。ところが、ある日「ハルキさんが今度来ることになって、橙書店で朗読会やろうかって言ってるけどどうしよう?」と吉本さんに言われた。村上春樹だよ、とちょっと混乱して「三十人くらいしか入れないのに、いったいどうやって人を集めたらいいんですか、普通に告知したらうちの電話パンクしちゃう」と思わず言ってしまった。最近では村上さんのイベントも少し増えてきたようだが、その頃は書店での朗読は二十年ぶりだとおっしゃっていた。電話がパンクどころか、マスコミのみなさんにばれたら取材も殺到することだろう。

店にはいろんな人が来る。なぜ来るのだろう、と迎える私が思うような人も来る。ものぐさだし、店を日々営業するということがいちばん大事だと思っているから、イベントの企画などを自ら考えることはほとんどない。でも、行くよと言われるとなかなか断れない。うれしいし、お客さんも喜ぶ。それで、スケジュールが可能な限り対応していると、いろんな人が来てすごいよね、とやり手ばばあのように言われることがある。

どう思われてもかまわないのだが、私は絵を描く人も歌う人も、詩人も小説家も、ほかのお客さんが来るのと等しくうれしい。だから、お客さんがその絵を見たいとか歌を聴きたいとか思うのであれば、なるべく自分のできる範囲内でやってみる。できないことはしないけれど。

それで、さて、村上さんの朗読会はできるだろうかと考えた。考えた末、公平なやり方ではないが、常連さんにひとりひとりお伺いを立てるしか方法がないような気がした。村上さんの本を愛読している人、と考えると、三十人というのは極端に少ない。声をかけることができなかった人から、後でがっかりされることだろう。もしかしたら怒られるかもしれない。でも、落胆する人がいるとしても、その一方では間違いなく喜ぶ人がいる。

この旅行は雑誌の企画でもあったので、編集者の竹田さんも加わって、吉本さんと秘密裏に相談した。と言っても、私の方で準備することはたいしてない。人を集めることと、販売用の本を準備するぐらいだ。人は簡単に集まるが、問題は誰に声をかけるかだ。吉本さんからは、人集めはまかせると言われていた。考えた末、来た人に随時声をかけていくことにした。よっぽどのファンだとわかっている人以外には、わざわざ連絡することはしない。

常連さんが来ると、この人はどんな本が好きだったっけと思い巡らし、村上さんの本が好きそうだと思ったら「〇日は予定ありますか？」と訊いてみる。「誰か来るんですか？」と聞き返されるので、「村上春樹さん」と答えると、みんなたいていフリーズする。もしくは、この人何言ってるんだろう、という顔をされる。その様子がなかなかに面白かった。会に参加すると決めた瞬間から緊張しはじめる人もいた。

村上さんの本の愛読者は世界中にいて、研究者も世界中にいて、この会に参加するのによりふさわしい、と自ら思う人がいたかもしれない。実際に、「すごく行きたいですけど私なんかが参加していいんですか、もっとふさわしい人がいるのでは」と謙虚なことをおっしゃる人もいた。でも、そのふさわしい人が誰かを私は知らないし、橙書店でやるのだから、そこに普段から集う人が聴くのが当たり前のことのような気がした。

声をかけた人たちには、終わるまでは誰にも言わないでください、とお願いした。早めに誘った人は、カウンターで別の常連さんと隣り合わせになるたびに、この人は誘われているのだろうか、と悶々としたことだろう。約束をやぶる人は一人もいないどころか、「連れ合いにも内緒にしています、猫にしか言ってません」と言っている人もいた。実は、お客さんにはマスコミ関係者も多く参加者のなかにも数名いたのだが、みなさん私人に徹してくださった。

朗読会の前日、「東京するめクラブ」の面々と竹田さんがやってきた。今回の熊本旅は「東京するめクラブ」の同窓会で、吉本さんが案内役、都築さんは撮影係だ。白玉ももちろん待ち構えていたが、猫にとっては世界の「村上春樹」もただのおじさんなので、村上さんのスニーカーで爪をばりばり研いでみたりして甘えていた。都築さんは、店のある（まだ引っ越す前のことだ）古い路地裏が怪しくてお気に召したみたいだった。お茶を飲みながらの生するめトークは、そばで聞いているだけで楽しい。何人かお客さんが入って来たが、誰も村上さんや都築さんには気付かなかった。まさかいるとは思わないから、気付かない。

朗読会当日は、なぜか竹田さんがとても緊張していた。きっと、旅の間中、村上さんが熊本にいることがばれないだろうかと気が気じゃなかったのだろう。とはいえ、竹田さんはお酒が入ると、すっかりリラックスしていたが。

竹田さんに輪をかけて緊張していたのが、お客さんたちだ。常連さんに声をかけたので、もちろんお客さん同士も顔見知りが多かったのだが、みんないつもより口数が少ない。そして、そわそわと落ち着かない。階段にまで人が座っているのに、いちばん前の椅子が空いている。誰か座ってよ、と声をかけると、緊張するから無理、と断られる。結局、いちばん前の席ははずすことになった。

村上さんは、何を読むのだろうと思ったら、『ヤクルト・スワローズ詩集』という短篇小説だった。全文をきちんと人前に出すのは、この日がはじめてだとおっしゃる。吉本さんも村上さんと同じくヤクルトスワローズのファンだから、この話を選ばれたのだろう。この朗読はきっと、吉本さんへの手土産でもあったに違いない。引っ越す前の店舗は、大きなガラス窓が入り口にあって中が丸見えだった。ばれないだろうかと竹田さんが気にしていたが、足を止める人はいなかった。

村上さんが朗読をはじめると、固まっていたお客さんたちは少しずつほどけていき、最後にはすっかり話に引き込まれていた。他のイベントをやるときもいつも思うのだが、三十人ほどで聴くということは、申し訳ない気持ちになるくらい贅沢な体験だ。狭い空間だからこそつくりあげられる空気、というものがある。店の中が、世の中と遮断されたように感じられる。

朗読が終わったあとは、都築さんと吉本さんも交えて、三人でするめトークをしてもらった。吉本さんは酔っ払うと暴言が増えて面白い、と村上さんと都築さんが言うので、吉本さんにだけワインを用意した。都築さんの軽妙なトークと、二人を叱りとばす吉本さんとのかけあいで盛り上がり、お客さんたちは完全に解凍された。楽しかった夜は更け、みんな狐につままれるような気分で家に帰ったことだろう。

街並み

五時だったか六時だったか忘れたが、とにかく集合は早朝だった。普段は、その時間に寝ることはあっても、起きることはまずない。その日の午前中は、ほとんどの時間、猫の白玉と店の二階にいた。階下では、「はい、カットォー」という声が響き渡っている。店内で映画の撮影が行われていたからだ。

映画監督の行定勲《ゆきさだいさお》さんはたまにお茶を飲みに来てくださるのだが、書店をつくったとき、いつかここで映画を撮りたいなあとおっしゃった。引っ越す前は物件を二軒借りていて、片方が喫茶店で、もう片方が書店だった。その間の壁に人ひとり通れるくらいの穴を開けていたのだが、「登場人物はここでバイトをしていて、そこから顔をのぞかせてさ……」とすぐに映画のワンシーンをすらすらと語られた。書店の二階から屋根に出られることも気に入っていたようだった。いつか撮るから、他の人に先を越させないでね、と冗談交じりにおっしゃるので、誰も言ってこないと思いますよ、とこちらも笑って答えた。

それから数年後、意外にもその言葉は実現することになった。熊本を舞台に行定さんが短篇映画を撮ることになり、熊本のあちらこちらで撮影することになったのだ。熊本城や菊池渓谷、早川倉庫に橙書店……見知った場所ばかり。なぜ白玉を連れて行くことになったかというと、白玉が店内を歩く場面を撮りたいとおっしゃったからだ。撮影機材を怖がると思うし、人がたくさんいるのが苦手だから無理だと思いますよと言ったのだが、撮影中は他のスタッフは全員外に出すからとおっしゃる。まるで、濡れ場撮影みたいだ。行定さんは猫好きだから、それなら大丈夫かもしれない。それで、他の撮影が終わるまで、白玉と二階に閉じこもることになった。

スタッフのみなさんが勢揃いすると、予想を上回る人数だった。早起きしたから寝ていればいいやと思っていたのだが、考えが甘かった。見えないとはいえ、ただならぬ気配に白玉はアオーンアオーンと鳴き叫ぶ。遊んだり、撫でたりとご機嫌を取っているとなんとか落ち着くのだが、寝るのが無理ならと仕事をはじめると、またもや騒ぎ出す。階下でカメラが回り出すと、わざとのようにアオーンとやり出すから、慌てて ご機嫌を取らなければいけない。しかも、ご近所さんの営業時間が近づいてきて、何事かと騒ぎになりはじめたので、いいわけをしてまわったりもしなければいけない。

実はその日、甥の結婚式だった。撮影をずらしてほしいとお願いしたのだが、撮影スケジュールが過密で、どうしてもずらせなかったのだ。しかも、夜には店のライブイベントが入っていた。甥の結婚式がその辺りだと言われていたのに、うっかり日付をよく考えずに設定してしまった。夜だからいいかと思ったら、まさかの映画撮影まで入ってしまった。トリプルブッキングだよと笑っていたが、実のところ笑い事じゃなかった。

白玉を連れて来ないほうがよかったんじゃないか。ライブか撮影を断ればよかったんじゃないか。甥の結婚式くらい店を休みたかったな。しかし、眠いな。いろんなことを後悔しながら二階で白玉を撫でていた。結婚式がはじまる三十分前くらいに、店のスタッフと白玉のご機嫌取りを交代して式場へ行く準備をした。二階で友人から借りたワンピースに着替えたのだが、慣れないストッキングもはかなければいけない。

久しぶりだなと思いながら足を入れると、なかなか引き上げることができない。なんだよこれ、と思って袋をよく見ると、間違って着圧タイプのものを買っていた。しかも焦って、後ろ前になっていることも気づかずにはいてしまった。式場のあるホテルまで十分くらいで行けるから余裕だと思っていたのにぎりぎりになってしまい、慣れないハイヒールで走るはめになった。後ろ前になったストッキングは気持ちが悪かったので、ホテルではき直した。

式場でもやらかした。撮影が終わったら、いったん白玉を車で家に連れて帰ろうと思っていたのに酒を飲んでしまった。結婚式というものにあまり興味がないので義理で出席したつもりだったのだが、意外にも感慨深かった。甥が連れ合いと並んで入場してきたときに、まあ大きくなって、とめずらしく叔母らしい気持ちになったのだ。涙さえ浮かびそうだった。私が高校三年生のときに生まれた甥だ。生まれてすぐは、姉の代わりに真夜中に起きて、ミルクをあげたことだってある。すっかりお祝い気分になって、乾杯の合図で、何も考えずにビールをぐびっと飲んでいた。しまったと我に返ったときにはもう遅く、まあいいかと飲み続けた。

式が終わり、親戚たちに早々に退散することを詫び店へと戻ると、やっと撮影が終わったところだった。本当は午前中に終わる予定だったのだが、時間がかなり押して白玉の撮影はできなかったらしい。ごめんねと白玉に詫び、でも今日はまだまだ帰れないよとさらに詫び、今度はライブの準備をした。

その日のライブはボサノヴァだったから、たいそう心地よかったはずだ。けれど、実はあまり記憶がない。早朝から起きていたし、一日中気を張ってくたくたの体に、ボサノヴァは気持ちがよすぎた。ささやくような甘い歌声が、ずっと夢の中で聞こえているような感じだった。そう考えると私がいちばん心地よくなっていたとも言える。

打ち上げが終わってやっと家に帰りつき布団に潜り込んだのは、家を出てから二十四時間近く経った頃だった。白玉は疲れ果てたようで、翌朝はこんこんと眠り続けたが、私はいつも通り仕事だった。

映画は二〇一六年の三月に菊池映画祭で公開されたのだが、その翌月、熊本地震が起こりチャリティー上映されることになった。撮ったときは、行定さんもスタッフも出演者も、地震が起こることなんて知る由もない。

タイトルは『うつくしいひと』。そこには、崩れる前の熊本城の石垣が映っていた。壊れる前の通潤橋《つうじゅんきょう》も映っていた。そして、地震前の店内も映っていた。壁はひび割れておらず、天井も壊れていない。古い建物で、もとから傷んでいたところも多かったが、映画の中ではライトであらが見えなくなっている。よく知っているはずのその場所は、思いがけずうつくしかった。

それから半年ほどが経ち、店を移転することになった。夏頃から新店舗の工事をはじめたのだが、工事中に行定さんが立ち寄られた。ふたたび熊本の街を撮るためにロケハンをしている、と言う。『うつくしいひと』の続篇としてつくるので、移転した橙書店でも撮影をしたいとおっしゃった。撮影日を尋ねると、ちょうど工事が終わる予定の頃だ。地震のあと、工務店さんやいろんな業者さんは休日返上で働いている人ばかりだ。もしかしたら撮影に間に合わないかもしれないから、書店の場面は入れないほうがいいのではと言ったのだが、地震のその後を撮りたいのだとおっしゃった。

地震があっても、ほかの災害があっても、人は、死なない限り暮しを続ける。なるだけ、普通の日々を続けようとする。そういう人々の姿を残したいと思われたのだろうか。撮影のあとに地震が起きたのも、引っ越し直後にふたたび撮影が行われるのも何かの縁だから、撮っていただくことにした。

当日は暗くなってからの撮影だった。待機する場所が狭いため、スタッフの方々は屋外にいる人が多い。秋とはいえ、夜が更けると結構寒い日だった。行定さんは粘るから夜中過ぎるのだろうな、外の人たちは寒いだろうな、などと考えながら私は併設しているギャラリーで仕事をしながら待っていた。

撮影中、久子さんももらったー？ と行定さんに声をかけられた。何かと思ったら、寒そうだからと、お向かいの居酒屋さんから汁物とゆで卵の差し入れがあったらしい。慌てて引っ越して数日しか経っておらず、そのお店にはまだ挨拶にも行っていなかった。慌ててお礼を言いに行くと、後ろから出演者の高良《こうら》健吾さんも入ってきて、ごちそうさまでしたー、とさわやかにお礼を言い戻っていった。店長さんは誰かわからなかったようで、きょとんとされていたので、出演者の方です、と説明していたらバイトの女の子たちが出てきた。私しかいないとがっかりされるに違いないから、ご迷惑かけてすみませんと言いながら、私も逃げるように店に戻った。

夜中過ぎ、無事に撮影は終わり、行定さんがみんなに差し入れてくれたケーキを持って家に帰った。私が生まれる前からつくられている、スイス洋菓子店のリキュールマロン。緑色の銀紙にくるまれたバターケーキで、生地にたっぷりとリキュールシロップが浸み込ませてある。私はこのお菓子が大好きでついこれを選んでしまったのだが、食べると車の運転ができない。だから、あとから家で食べようと取っておいたのだ。私は撮影が終わるのを待っていただけなのに、なんだかぐったりと疲れて、甘いバターケーキが体に沁みた。

地震から一年後、『うつくしいひと　サバ?』が上映された。冒頭、熊本地震の震源地である益城町《ましきまち》の街並みが映し出された。どこもかしこも瓦礫《がれき》で覆いつくされている。アスファルトには亀裂が走っている。スクリーンいっぱいに広がったその街並みは、セットではない。見ていると、実際にそこを訪れたときの情景が重なり、胸がふさがった。私は益城町出身ではないし、縁が深いということもない。でも、その直前まで日常があったはずの場所が、こんなにも崩れてしまったという事実はこたえる。熊本に限らない。津波被害に遭った宮城県で撮影された映画を観ても、空爆や戦闘で大半が瓦礫と化したシリアの街のドキュメンタリー映画を観ても、そうだ。

おもちゃが瓦礫のなかに転がっていたりする。どこの国の、どの場所にも子供がいたはずだ。家族のアルバムは、瓦礫から救えただろうか。詮《せん》ないことを考える。

移転した店もスクリーンに映し出される。映画の中では真新しいその場所は、いまではすっかり日常となっている。たまに、地震がずいぶん前のことのように感じるときがある。でも、忘れはしないだろう。映像が残されているのは、そのためでもある。

そらと満月

東の空の下の方に　お月さん真っ赤だよ

月の絵文字を添えて、ときおりメールが届く。月友達の吉本由美さんからだ。いつの間にか、月がきれいな夜は教えあうことになっている。私は店が終わるまで月を見ることができないからだいたい出遅れてしまい、教えてもらうことのほうが多い。

吉本さんは熊本出身だが、ずっと東京で暮らしていた。ゆくゆくはどこか知らない地方都市で暮らしたいと思っていたらしいが、四十四年も離れていた熊本はよく考えれば見知らぬ街のようなもの、ということで戻ってくることにしたという。東京を離れる前に、帰ったらオレンジを訪ねたらいいよ、と友人に言われたそうだ。その友人とは、東京のＺａｋｋａというお店の店主・吉村眸《ひとみ》さんと、その連れ合いで写真家の北出博基さんだった。帰って来たのは、二〇一一年の三月。引っ越しの荷造りをしていたら地震が来た、と言っていた。

私がなぜ喫茶店だけでなく、雑貨や本も売ることにしたのかというと、借りた場所が広すぎたからだ。普通は計画にあわせて物件を探すのだろうが、無謀にも場所ありきで店をはじめてしまった。しかも、雑貨屋でも本屋でも働いたことがない。開店準備をしていたときは知識も先入観もなく、やみくもに問い合わせた。そして、Ｚａｋｋａにも電話をして、北出さんの写真でつくったカレンダーやポストカードを取り扱わせてほしいと頼んだ。

開店前に一度だけ東京に行っていくつかの取引先にご挨拶をしたのだが、そのときにＺａｋｋａも訪ねた。こんな調和のとれた気持ちのいい店にはとうていできないな、と羨望の思いで店内を見ながら、自分がやろうとしていることに不安を覚えた。北出さんに、喫茶店と雑貨屋なんていちばんもうからないことをふたつ同時にはじめちゃって大丈夫なの？　と笑われたのを覚えている。その北出さんが私のことをほめていたと、吉本さんに言われたことがある。短い時間お会いしただけなのに、何がどう、ほめるに値したのかさっぱり見当がつかない。雑貨屋やりたいと言って店に来る他の人たちとは違う、とおっしゃったそうだが、それは私がただたんにド素人だったからではないだろうか。でも、おかげで私は吉本さんに会うことができた。

先に情報を仕入れていた吉本さんは、白玉に会うのを楽しみにしていたらしい。彼女は猫が大好きだ。でも、初めて来た日は、白玉はいなかったそうだ。次に彼女が訪れたときには白玉もいたし、私も初めて言葉を交わした。そのとき二階では、ボーダーの服を行商で販売しているSTOREの展示をやっていて、見てくださった。ボーダーと言っても、一枚一枚すべて違う色の組み合わせでつくられている一点ものなので、お客さんはどれにするのかをものすごく迷う。吉本さんもギャラリーのある二階に上がったまま降りてこないので、しばらくして様子を窺いに行った。そのとき、私はまだ彼女が誰だか気付いていなかった。

ワンピースを見ていたので、意外とこのくらい派手な色の組み合わせの方がお似合いだと思います、と口をはさんだ。でも派手過ぎない？と言いながら試してくださり、結局それを買ってくれた。そのあとカウンターに座りアイスコーヒーを飲まれているときに誰だか気付いたのだ。以前、どこかの雑誌でお顔を拝見していた。吉本由美さんですよね？　と尋ねると、そうですとおっしゃる。

いまでは吉本さんはおもに書く仕事をされているが、東京で長くスタイリストとして活躍していた。インテリア・スタイリストとしては先駆けと言っていい人だ。私はオリーブ世代なので、彼女に憧れている人がまわりにたくさんいた。よりにもよって、そんな人にものを選ぶアドバイスをするなんて、気付いた瞬間、冷や汗が出そうになった。

もちろん吉本さんは、そんなことで気分を害されるような人ではない。私が勝手に気にしただけだ。それからは、ちょくちょく白玉に会いにきてくれるようになったし、私も吉本さん宅の猫に会いに行っている。月がきれいな日は、それぞれの場所で、同じ空を眺める。今日も先を越されてメールがきた。

今夜は絶好の月見日和！　月はもちろん、空気も風も気持ちいいです—

そして、酔っぱらって一緒に月を見上げる夜も、ときにある。

北出さんがつなげてくれた縁は、吉本さんとだけではない。Ｚａｋｋａを訪れたとき、妙に惹きつけられる絵のポストカードがあった。それも卸していただけますか？

と尋ねると、そっちは作家さんに直接訊いてみて、と北出さんがおっしゃった。その絵を描いたのは、以前Ｚａｋｋａで働いていたことのある佐々木美穂さんだった。そのとき私は、彼女の名前もそのことも、まったく知らなかった。せっかく教えていただいたが、まさに右も左もわからないという状態で店をはじめたので手が回らなかった。でもしばらく経ってから、友人だから紹介しますよ、と店で展示をした作家さんが言ってくださった。それで佐々木さんと連絡が取れ、いまでは、彼女のポストカードがレジの近くに並んでいる。

佐々木さんとは、まだお会いしたことがない。電話やファックスでやりとりをしている。たまには手紙のこともある。新しい絵柄のカードができると、ファックスでその絵柄と彼女の文字が並んだ御用ききの紙が流れてくる。彼女の文字は自由な、声が聞こえてくるような文字だ。ジーとファックスから紙が吐き出されてきて文字が見えるとおもわず話しかけたくなるので、すぐに返事を書き込んで流し返す。

佐々木さんは本の装画もたくさん手掛けているが、ご自身が書かれた本もある。随筆集が二冊あって、どちらも文章の合間に佐々木さんの絵がはいっている。その本を、まだ書店を開くまえに、雑貨とともに店に並べていた。まだほんの少ししか本を売っていなかった頃のことだからよく覚えている。でもそれだけではない。二冊あるうちのそら色の表紙の本は、個人的な記憶ともつながっている。『そら色の窓』というタイトルの本。

もう何年も前のことだが、あるお客さんに少し時間をくださいと言われ、彼女の家を訪ねたことがあった。急な誘いだったので、気の利いた土産を探しに行く暇もないし、彼女の体調が思わしくなくて食欲がないことも知っていた。さてどうしようと家の中を見回したら、幾種類かの青でコラージュされた表紙が目についた。いい天気の日で、借家の庭にはミントが群生していた。みどりと青を持っていきたい、と訳もなく思い携えていった。彼女はことのほか喜んでくれ、そらの青が好きだと言った。

それから少しして、彼女はとつぜんに逝ってしまった。私は、彼女とそら色の本を失った。

佐々木さんに、その経緯をつい話してしまったことがある。やっぱり欲しくて在庫を聞いてみたときに、手元にない理由を説明したのだ。

もう在庫はないと聞いてあきらめていたのに、しばらくして私の手元に『そら色の窓』が届いた。数少ない手持ちの分から贈ってくださったのだ。久しぶりにその本を開いたら、いただいたときに添えられた手紙がはさんであった。「ネーサンの手元にない、その経緯をきーてしまったからには……ね」と、書いてある。ぱらぱらと頁をめくると、「満月の夜」という文章に出くわした。

「もうすぐ満月だね」

そういうことを気にして暮らしている人が、私の周りにはわりといる。満月が近くなると、自然とそんな話をしているような人が。私もその口だ。

佐々木さんも同じように月を見上げていた。彼女にも月友達がいる。たずねたことはないが、そら色の本をあげた彼女もきっと月を見上げるのが好きだったに違いない。そらの青が好きだと言っていたから、蒼く光輝く月だって好きだったはずだ、と勝手に思う。

先日、眸さんが遊びにくるよ、と吉本さんから連絡が来た。橙書店にも連れて来てくれるという。数年前に十五年ぶりに東京へ行ったのに、結局時間がなくて立ち寄れず、不義理を重ねていた。久しぶりにお会いできるうえに、店にも来ていただけるなんてとうれしかった。

書店をつくったとき、すっかりご無沙汰していたにもかかわらず、北出さんには報告をしなければいけない気がして連絡をした。あなたが書店をやるっていうのは、なんか正しい気がする、というような意味合いのことを言っていただいた。そして、お祝い代わりにとご自身の写真集を十冊贈ってくださった。

売ってもいいし、配ってもいいからね、好きに使って。

お礼の連絡をすると、そう言ってくださった。

だから、いつの日か北出さんにできあがった本棚を見ていただきたい、と思っていた。でも、今回会えたのは眸さんだけだ。

北出さんは数年前に他界された。いつか由美ちゃんに会いに熊本に遊びに行こうね、と二人で楽しみにされていたそうだ。オレンジもあるし、と。だから眸さん、一人で熊本に行く気持ちになかなかなれなかったらしいよ、と吉本さんが教えてくれた。

北出さんがほめてましたよ。佐々木さんからもそう教えてもらったことがある。北出さんがほめてくれる理由は、やっぱりぜんぜんわからない。だから、理由を聞きに行けばよかったのだ。直接会ってほめてもらえばよかった。

レジのすぐ近く、私の目につく場所に、いまでも北出さんのカレンダーを飾っている。

4

切手のない便り

小さきものたち

店の壁の半分くらいを窓が占めていて、東側の窓のすぐ向こうには木が一本ある。何の木なのか定かではないのだが、葉の形が似ているものをパソコンで探したら、どうやらモミジバフウという木のようだ。紅葉《もみじ》じゃないけど、紅葉に似ている楓《かえで》の木だから、紅葉葉楓。調べたら、その木の存在がますます近しくなって、しげしげと眺めるようになった。秋になると緑の葉っぱが少しずつ色づく。緑色が徐々に橙色になり、それが濃い紅色から紫がかった色へと変わっていく。落ちている葉をひろうと、一枚の葉の中で色彩のグラデーションを見る。

実もよくひろうのだが、種が飛んでいったあと殻だけになって地面に落ちているのだそうだ。目に付くとついひろってしまうのは私だけではないようで、お客さんがひろってきて渡されることもある。種を守るためだろうか、周囲はとげとげしているのだが、しばらく置いておくと触っても痛くなくなる。家に持って帰ると猫のおもちゃにもなる。

いままでは見上げることのほうが多かった木だが、ビルの二階で営業するようになってからは向かい合っている。

春になると、少しずつ新芽が出て、鳥をよく見かけるようになった。窓越しだから気付かれないのをいいことに、じろじろと見る。何の鳥か見極めようとすると、ぱっと飛び去る。五つにわかれた葉っぱが、春の少し強い風に吹かれて、ひらひらと手をふるように揺れる。若葉は、あちこちからどんどん出てくる。小さいのは、まるでネズミの手のひらみたいだ。毎日、カーテンを開けては、増えていく葉っぱを確認するのが楽しみだった。葉っぱは日に日に増えて、あっという間にこんもりとした樹形になり、緑が生い茂った。茂る葉の奥をのぞき込むと、木の中に吸い込まれそうな気になった。

根元からすぐ近くをアスファルトで固められ、真横には街灯が立ち、脇には車が通る。それでも、一本の木がそこにあるだけで、その場所がどれほど豊かになることか。

風が強い日、お客さんが揺れる葉を見て、涼しげだねと言っていた。五月だというのにその日は真夏日だった。あの木が見えるだけで涼しく感じる、とおっしゃっていた。その数日後、出勤して窓を開けたら違和感を覚えた。さみしいのだ。モミジバフウの枝が剪定《せんてい》されていた。しかも、こんなに切らなければいけないのだろうか、と思うほどばさばさと切られていた。葉が申し訳程度にしかついていない。はさみで五分刈りにされたおっさんみたいだ。枝と枝の間は余白だらけで、お向かいのビルのコンクリートが隙間を埋めている。庭木の剪定だったら、こんなにおおざっぱな刈込みにはならないだろうに。仕事中はずっとその木が正面に見えているから、視界に入るたびに残念な気持ちになる。

木がよく見える席に座ったお客さんにメニューを渡しに行くと、切られちゃったの？　かわいそうに、とおっしゃった。残念な気持ちになるのは私だけではなかった。切りすぎですよね、と心の底から同意した。台風が多い季節がやって来るのはわかっている。切るな、とは言わないが、もう少しおもんぱかってほしい。

昨日、この木を見るのが好きだからと、必ず木の前の席に座るお客さんがいらっしゃった。すぐに、こんなにばさばさ切られちゃったんですよ、と言いつけると、あらほんと、葉っぱがほとんどなくなっちゃったわね、とおっしゃった。それだけじゃ言い足りなくて、さらにぐずぐずと悪態をついていると、お友達のようなものでしょうからね、とおっしゃる。そして、夏になる頃にはきっとまた茂りますよ、と帰る前にも言葉をかけてくださった。やさぐれた気持ちが少しおさまった。

引っ越す前の店舗は長屋のように建物が連なっていた。いったいどこに潜んでいたのかわからないが、おそらくイタチが棲んでいた。姿を見かけたこともある。一度、目があったことがあるが、きびすを返して隙間へと逃げ込んでいった。最初はたまたまどっかから屋根裏にでも入り込んだのだろうと思っていたが、建物の真裏の映画館が解体されてホテルが建ったあとから物音が頻繁になった。すみかがなくなったのかもしれない。衛生的な問題が起きるから、店内には来ないでくださいね、と祈るばかりだった。しかし、彼らは繁華街のビル裏に生息しているであろう、ネズミなどを食べて生きているはずだ。イタチがいるのといないの、どちらが衛生的かなんてよくわからない。どちらにしても、本来なら人間にどうこう言う権利はない。そもそも彼らの居場所を奪っているのだから。

閉店後に残業していたときに、音楽も消した店内にひとりでいたら、どこからともなく鳴き声らしきものがほんのかすかに聞こえてきたことがある。最初はネズミかと思ったが、よく聞くと違う。猫とも違う。聞いたことがあるわけではないが、子イタチの鳴き声かもしれないと思った。

そのあたりには野良猫もたくさんいたし、ごくたまにタヌキを見かけることもあったが、彼らはどう棲み分けていたのだろう。猫やタヌキはネズミを追いかけたり、人から食べ物をもらったりしていた。カラスはそれを横取りしたり、ゴミ箱を狙ったりしていた。

店内に羽蟻が大量発生したこともある。小さいものの集団が苦手なので、本当は悲鳴をあげたいほど怖かったが、営業中だからなんとか我慢した。家だとこういうことが起きた場合、私が叫んだ声で猫がおびえて走りだすのが常だが。

接客中だと、徐々に増える小さいものの集団を目の端に捉えながら、笑顔でお客さんと話しつつ、どうしようかと考えられるほど肝が据わるから不思議だ。カウンターのお客さんには結局気付かれてしまったが、常連さんなので落ち着いたものだった。他のお客さんが帰ってからその場はなんとか対処して、あとから業者さんに来てもらった。

こんもりと茂ったモミジバフウの葉の奥の空間を見ているとき、前の店舗の周辺にいた生きものたちの気配をよく思い出した。私には鳥くらいしか確認できないが、この木をすみかにしたり、休憩の場所にしたりしている小さな生類が、この葉の奥でうごめいている。そう考えるとちょっとぞくぞくする。だからいっそう枝を切られて腹が立ったのだが、アスファルトで固められた道路を使って車で出勤している私には、街路樹の枝が切られ過ぎていることを非難する権利はないのかもしれない。店内に羽蟻が発生したら、駆除するしか手立てがなかったのだし。

この間、園芸店に行ったら、鉢植えの葉っぱの上で蝶々が交尾していた。ずいぶん葉が茂っているりっぱな鉢植えだったが、ちゃんと値札が付いているから売りものだ。でも、そんなこと、蝶々には関係ない。人間に交わる姿をじっと見られていることも知ったことではないだろうから、私も気にせずしげしげと見た。二頭とも白くて、片方は黄みがかっていた。たぶんモンシロチョウで、淡く黄色いほうがメスだろう。緑の葉のうえで、二頭の白い羽が光をほのかに透かしてことのほかきれいだった。よその鉢では、蜂が蜜を集めていた。ここは花がたくさんあるから、きっと集めやすいに違いない。

小さな生きものたちにとって、山の中だろうと、園芸店の鉢植えだろうと、植物に変わりはない。生きづらい世の中だな、などと思うこともなく無心に存在している。枝を切られたモミジバフウだって、切った人間のことも、憂いている私のこともちっとも頓着しないだろう。

きりん

店を二階に引っ越してから野良猫とも縁遠くなっているが、久しぶりに猫騒動があった。

白玉《しらたま》を最初に保護した人からめずらしく連絡が来た。犬や猫をよく保護する人なのだが、なかなか里親が決まらない子猫がいるから見せたいとおっしゃる。

現れた子猫は、毛が長くふんわりとまるい。薄い茶色の毛が、光の加減でオレンジ色っぽくも見える。長い毛のせいで実際より大きく見えるようで、抱き上げると想像以上に軽い。臆病なようで、撫でても抱きあげてもそわそわと落ち着かない。目は琥《こ》珀《はく》色で大きく、美人さんだ。コハクちゃん、と呼ばれていた。

かわいいけどもう結構大きいから、と里親が見つからないことを心配されていた。

お客さんにも訊いてみますね、などと話していたら、ちょっと目を離したすきにコハクちゃんがいなくなった。ドアは開いていないし、外に出たはずはない。店内をくまなく探すと、窓と流しの間の隙間に入り込んでいた。怯《おび》えて隠れているのだから、呼んだくらいでは出てこない。

その隙間は痩せた人だったら通れるくらいの幅だが、カウンターで入り口を半分ふさいでいるので奥まで行くことはできないし、手を伸ばしても子猫までは届かない。しかも子猫くらいの小ささだったらそこから床下に入ることができる、ということに気が付いてさらにあせった。

カウンター付近は、床を底上げしてある。もともと水回りがなかったところに厨房をつくったから、壁向こうの洗面所から水道管を引き込んで、造り付けた床下から通してある。お客さんに見える部分はきれいにふさいであるが、まさか子猫が入り込むとは工務店さんも思わないから、流しの裏側はそのままにしてある。

もしも床下に潜り込まれたら、床を壊さないと出せないかもしれない。最悪の事態を想像して、不安げな声色で〝コハクちゃーん〟と呼ぶものだから、子猫は緊張して余計に出てこない。

あせってもしょうがないと気を取り直して、まずは床下に入れないようにすることにした。無理矢理手を入れて、段ボールで隙間をふさぐ。それから、おびき出すためにコハクちゃんのお気に入りの猫じゃらしを買いに行ってもらう。店はすっかり閉店していて誰も来ないから、いま以上に怯えることはないだろう。

おもちゃが到着して、狭い隙間から猫じゃらしをばたばた振ったり、よびかけたり、おいしいおやつを開けてみたり……と思いつくかぎりのことをやってみるが、やはり出てこない。最後の手段と、思い切って上からつついてみることにした。上から長い棒のようなものでつつけば、驚いて出口の方へ走っていくはず……という作戦だ。かわいそうだが、他に方法が思いつかない。とりあえずつつくものを探してみるが、流しに沿って窓辺と平行につくってある壁は人の背丈くらいあるので、そこから床まで届くような長さのものは、なかなか見つからない。

困ったときは、近所に住んでいる幸子さんに相談する。彼女の家は、歩いて一分もかからないところにある。現代美術の作家さんで、店でも何度か展示をしてもらったことがある。いろんな素材を使って作品をつくるから、うちにないような工具や便利な道具をたくさん持っている。だから、ギャラリーで他の作家さんの展示の設営をしているときなんかも、道具がなくて困ると幸子さんちに走っていく。

今回も、長い棒のようなもの何かありませんか、と訊いたら、デッキブラシを貸してくれた。ぎりぎり届くくらいの長さだ。しかし、あんなちっちゃな、怯えている猫をつつくなんて気が重い。意を決して、棒をそろりと差し入れてつついてみるが、気が引けているので思い切りが足りないのか、びくともしない。むしろ、より固まってしまった。もう、これ以上は縮こまれないというほど身を固くして、頭も隠して、丸いふわふわのボールにしか見えない。

とりあえず、しばらくそっとしておきましょう。思案した結果、私はいったん家に帰ることにした。見知らぬ人間がいると余計に怯えて出てこないはずだ。幸い、店に寝袋や毛布があるから、もしも朝まで出てこないときは彼女にも仮眠をとってもらうことにした。

何時でもかまわないから、出てきたら電話してくださいね、カギをかけに来ます。そう言いおいて家に帰った。

帰ったものの、落ち着かない。そわそわと何度も携帯の画面をのぞきこんでしまう。風呂に入るときも、風呂場の前に携帯をおいてカラスの行水だ。夜中を過ぎても電話は来ない。本を読んでも、気がそぞろで集中できない。あきらめて布団に入ったら、朝方ようやく電話が鳴った。

コハクが出てきました！

すぐ行きます、とあわてて服を着て出かけた。

白々と夜が明けていくのを久しぶりに見た。寝坊助のせいで、めったにお目にかかれない、早朝の光景だ。真冬のことで、寒くはあったがきりっとして気持ちのよい朝だった。子猫が無事出てきた安堵と、朝の気持ちよさに、どんどん心が軽やかになっていった。

店に着くと、コハクちゃんは、何事もなかったかのようにキャリーバッグにおさまっていた。ふわふわの毛をもう一度触りたくなるが、お互い仕事があるので、挨拶もそこそこに店を出た。

次の日、お詫びのメールに、「コハクは、あんなに我々をてんやわんやさせといて、何事もなかったかの様に増えた新しいオモチャで大喜びして遊んでます」と、写真が添付してあった。おもちゃを狙っているのか、目を大きく見開いて上を見上げている。

会いたいという方がいらっしゃったらご紹介ください、とも書いてあったので、猫好きのお客さんが来る度に写真を見せていた。二週間ほど経った頃、会ってみたいんですけど、とお客さんの一人がメールをくださった。それで連絡をすると、里親希望の方のところに預けていると言う。飼いたいけど先住猫がいるのでうまくやっていけるかどうか試しに預かりたい、とおっしゃったそうだ。結果が出るまで待つ、とお客さんは言ってくれたが、結局そのままそこで暮らすことになった。コハクちゃんは、そのお客さんが前に一緒に暮らしていた猫に、ちょっと似ていた。そのことを知っていたから、写真を見せて、かわいいでしょうと勧めてしまった。コハクちゃんにとっては、どちらにせよかわいがってもらって幸せになるのだろうが、彼女には申し訳ないことをしてしまった。コハクちゃんの写真が彼女の携帯にいつまでも入っていた。

それから半年くらい経って、元スタッフのゆうたから子猫を保護したと連絡が来た。ゆうたはよく猫を拾う。今回は同居している彼氏が拾ったようだ。里親を見つけたい、というので写真を送ってもらった。三毛猫だが、キジも少し入っているようで長いしっぽに縞々《しましま》がある。目はぱっちりと大きく、目じりのラインの色が左右で違う。雰囲気は違うが、コハクちゃんと同じく女の子で、引けを取らないくらいのかわいこちゃんだ。

早速、コハクちゃんをあきらめなければいけなかったお客さんに連絡をした。すぐに、会いたいです、と返事がきた。写真眺めてニヤけています、と書いてあった。

一度お見合いしたあとは、とんとん拍子で話が決まり、彼女が里親になることになった。数日後、猫砂にキャットフードにおもちゃ……やまほどの支度品を抱えて、ゆうたが子猫を引き渡しにきた。店にお迎えが来るらしい。キャリーバッグから出せと騒ぐので、彼女が来るまで一緒に遊んだり、抱っこしたりしていた。見た目がかわいいだけでなく、愛嬌のある人懐《ひとなつ》こい猫で、すぐに情がわきそうになる。

しばらくすると彼女がお迎えに来て、満面の笑みで子猫を連れ帰った。彼女はずっと仕事が忙しくて、店にもなかなか行かれない、とおっしゃっていた。たまに来るといつも疲れていて、ただでさえ痩せているのに、どんどん痩せていくようで心配だった。でも、つぎに店に現れたときは、すっかり笑顔が戻っていた。

名前は何になりましたか、と訊くと、きりんです、とおっしゃった。

いまでは、すっかり馴染んで、かなりのおてんばらしい。

またたく

常連さんでいちばん古株は誰だろね。

そういう話になると必ず名前があがるのが幸子さんだ。私と彼女と、もう一人同じ名字の常連さんがいるから、ややこしくならないよう、みな私たちのことを姓ではなく名で呼ぶ。熊本ではよくある名字なのだ。

はじめて幸子さんが店に来たときは髪が長かった、と言うとみんな驚く。もうずっとショートカットで、それがとても似合っていてかっこいいからだ。彼女の家は店から近い。前の場所も近かったが、店を引っ越したら、すぐそこになった。歩いて三十秒だからねー、といつも言って他の常連さんたちにうらやましがられている。だから、いま来店する回数がいちばん多い人でもあるかもしれない。

当たり前かもしれないが、カウンターには常連さんが座ることが多い。私は人見知りで知らない人との会話は不得意なので、特にそうかもしれない。初対面の人には感じが悪いだろうから、座りづらいはずだ。いきなり座る人もまれにいるが、たいていの人は通ううちに次第に言葉を交わすようになり、会話の流れでカウンターに座り出す。

最初に店をつくったとき、古い建物で天井が低いからカウンター席はなしにしようか、と工務店さんから提案された。思案していたら、店に来ることを楽しみにしていた酒飲みの人から、そしたらおれたちどこに座ればええとですかー、と大反対された。天井が頭のすぐ上にあっても平気だからカウンターに座らせてくれ、と言われた。カウンターじゃないと所在ないのだ。引っ越した場所はどこに座っても声が届くので、そうでもないようだが。

幸子さんも、いくどか店に来ているうちにカウンターに座るようになった。よく話すようになってから、彼女が現代美術の作家だということを知った。東京ではたまに展示をしているが、長く熊本を離れていて最近戻ってきたので、展示をする場所の見当がつかないと言っていた。

彼女の展示はインスタレーション作品で、ある特定の場所を使って空間そのものを作品へと変化させる。だから、ギャラリーが見つかればそれでいいというものではないし、ギャラリーである必要もない。彼女がその空間を変化させたいと思わなければつくれないのだ。

いい場所が見つからないと聞いたときに、実は店の中にお客さんが誰も知らない面白い部屋がある、と彼女を案内した。以前借りていた店は二階をギャラリーにしていたのだが、その奥に小さな部屋がもうひとつあった。屋根裏部屋みたいな、裸電球がひとつあるだけの薄暗い場所だ。そこは手間をかけて改装しても使いみちがなさそうだったので、手を付けていなかった。天井はいきなりトタンで、隙間から鉄線のようなものと空が少し見える。床材は傷んでいて、歩くと抜けそうな部分がある。壁は、新聞のようなものが貼ってあった痕跡を残して板がむき出しだ。ここに閉じ込められたら不安になるに違いない。屋内だか屋外だかわからないような場所。そこを見せたら、ここで作品をつくってみたいと彼女が言った。

幸子さんは、その部屋自体がまるで蜘蛛の巣であるかのように、麻の繊維を張り巡らした。展示のタイトルは「つなぐ記憶」。私たちがその中にすっぽり入れるようになっている。展示を見に来る人も作品の一部だ。仮に途中で繊維が切れたとしても、それも作品の変化だからかまわないと彼女は言う。

現場でしかつくれない作品なので、彼女は一週間ほど通って作品をつくった。ちょうど厨房の真上くらいの場所だったから、制作中、たまにミシミシと歩く音がした。こちらには音が届くが、うえには匂いが充満する。ケーキを焼いたり、カレーを仕込んだりしていると、幸子さんの胃を刺激していたようだった。もちろん音も届くから、カウンターで笑い声がしていると何を話しているのかと気になったよー、とあとから言っていた。

展示がはじまって、お客さんが二階にあがると、最初はみなキョトンとしていた。展示をしているはずの部屋には何にもないからだ。そこは不思議な造りで、部屋と部屋の間に窓がある。窓の向こうはあとから建て増ししたのかもしれない。だから、粗雑な造りで、変な形をしているのだろう。よく見ると、その窓から張られている繊維が垣間見える。それに気が付いた人は、普段は存在を意識さえしていない扉の奥をのぞくことになる。おそるおそる中に入ると、張り巡らした繊維の中に、人がひとり入れるようになっている。しいんとした薄暗い場所で、みな何を想ったのだろうか。

彼女の作品は残らない。場所を含めての作品なので、撤収すると忽然《こつぜん》と姿を消す。でも、展示を体験したそれぞれの人の記憶に彼女の作品が存在し続ける。その記憶までもが作品なのではなかろうか。


幸子さんはそのあとも店内のさまざまな場所を使って、いくどか展示をした。喫茶店の吹き抜けの部分に、光そのものを表したような球状の物体をたくさん吊るしたり、編んだ段ボールに、詩人の言葉をおきかえたり……。

そして、この間、新しい場所でもはじめて展示をしてもらった。タイトルは「ふりつむ刻」。この展示は、ずいぶんとお客さんを驚かせた。何にもないよ、と慌てて出てきた人もいた。ギャラリーに入ると、ほんとにすっからかんなのだ。場所を間違ったのかと思う人もいれば、もともと敷いてあった木レンガを作品だと思う人もいた。しばらく中にいれば見えてきますよ。そんな禅問答みたいなことを言うと、いぶかしげな顔をしてギャラリーへと戻っていく。中には、展示内容がわかっても、たいして関心を持たずに帰る人もいたが、たいていの人はうれしそうに、何か言いたげな顔をして戻ってきた。感じることはそれぞれだし、たとえ何も感じなくてもかまわない。滞在時間もそれぞれ。すぐに出てくる人もいれば、来たことを忘れるくらい長居する人もいる。期間中、来るたびに入っていく人もいた。

ギャラリーの床に敷いてある木レンガは、空間にあわせて大工さんが敷き詰めてくれたが、どうしても隙間ができてしまったところがある。幸子さんは、その隙間にところどころLEDライトを埋めたのだ。そして、窓の外にも灯りが仕込んであった。陽の光が入る場所にともされた、あるかなきかの灯り。部屋の中に入り、しばらく歩いてみると、足元から光がもれていることがわかる。見る角度によって見えなくなるので、歩いていくと灯りがぽつりぽつりと灯されていくような錯覚にも陥る。

灯りと言っても、ほとんどの人が昼間見るのだから、かそけき光だ。でも、その光をずっと見ていると、またたきはじめる。自分がどこにいるのか定かでなくなってくる。床は、床ではないもののような気がしてくる。足元は固い木レンガのはずなのに、不安定であるような気もする。雲の上に立つことができるのであれば、街の灯りはこのように見えるのかもしれない。

六月の展示だったのでもう陽が長く、閉店間際にしかその部屋は暗くならなかった。

だから、暗闇でその展示を体験した人はあまりいない。私だけがいろんな時間にその展示を楽しんだ。でも、暗い中でくっきりとした灯りを見るより、かそけき光を体験するほうがずっと異空間であった。もちろん幸子さんは、お客さんが作品を見るのは昼間だと意識してつくっているから当たり前だ。

頼りないようなかすかな光を見ていると、不思議と心が落ち着いてくる。建物の外からしている音も灯りとともにあるような気がしてくる。壁があるけど、ないような気もしてくる。いままでに見た幸子さんの展示の中で、私はこの展示がいちばん好きだ。時間も空間もどこまでもひろがっているような気がした。

こんなに時間のかからない設営は初めてだよ。作品をつくりあげたとき、幸子さんが笑ってそう言っていた。

植木スイカと手紙

こうぞうが京都土産をくれた。ちりめん山椒と、『Ｏｖｅｒ』という雑誌の創刊号。三冊買ったから一冊どうぞ、とくれた。本屋なのによく人から本をもらう。珍しい本を見つけたと旅の土産でいただいたり、読んでみてとくださったりする。

特集は「ＳＴＯＮＥＷＡＬＬ50」だった。ストーンウォール事件は、ちょうど私が生まれた年に起きた。ＬＧＢＴの当事者たちがプライドを捨てないために蜂起し権力者たちに抗ったが、それから半世紀も経ったいまでも、世の中の変化は遅々としている。こうぞうは、学校や公共機関に呼ばれて、ＬＧＢＴＱ＋を理解してもらうために当事者として話をしに行くことがある。勉強にもなるからと思って買ったのだろう。

少し前にお母さんと店に来て、京都に行く用事ができたから母さんも一緒に行かない？　とお茶を飲みながら誘っていた。お母さんはもともと京都が大好きで、以前はよく行っていたけど、最近はあまり行けていなかったそうだ。誘われたときは、せっかく行くのに一泊じゃねえ……と渋っていらっしゃった。

お母さんはどうしたの？　と訊くと、結局、一緒に行ったのだと言う。普段は心配かけてばかりのお母さんに、たまの親孝行ができたようだ。こうぞうのお父さんは早くに亡くなっているのだが、お墓がある神戸まで足をのばして、久しぶりの墓参りもしてきたそうだ。

彼はいまではおじさんといってもおかしくない年齢だが、初めて店に来たときはまだ十代の若者で、ゆうたと連れ立って来た。ゆうたがまだ店で働く前のことだ。当時二人は付き合っていて、ともにゲイだということをカミングアウトして生活していた。

〝ＬＧＢＴであることをカミングアウトされた家族〟を研究対象としている大学生から、こうぞうのお母さんが店内でインタビューを受けていたことがあった。話を聞かせてもらえないだろうかと、こうぞうを通して依頼があったそうだ。

カウンターから離れた席に座っていたし、聞き耳をたてていたわけでもないので話の内容はほとんどわからなかったが、ひとつだけ耳に飛び込んできた。カミングアウトされたときどんなお気持ちでしたか、といった内容の質問だった。お母さんはあっさりしたもので、「ああ、そうなのと思った」とおっしゃっていた。これでは、話を広げづらいだろうなと、思わず笑いをこらえた。カウンターでインタビューが終わるのを待っていたこうぞうも苦笑いをしていた。たぶん、それは質問者にとって肝の質問だっただろう。当事者の苦悩や混乱の感情が吐露されることを期待していたに違いない。でも、こうぞうのお母さんはマイペースな人だし、詳しくは知らないがかなり波乱万丈な人生を送ってきたようだから、そう答えてもちっとも不思議ではなかった。子供たちがどう生きようと、本人の意思を尊重できる人なのだ。

人生経験豊富なお母さんでよかったねとこうぞうに言ったら、うなずいて、いろんなことで人生変わりますよねと言っていた。お母さんがゲイである彼を許容できない人だったら、確かに何かが変わっていただろう。いまのように、いろんな場所で講演をしたりすることはできなかったかもしれない。母には好きに生きてきたという負い目もあったかも、とも言っていた。なんにせよ、理解してくれる人が一人でも多く身近にいたほうがいいに決まっている。

母親にカミングアウトをしたのはどういうタイミングだったのかとこうぞうに訊い

たら、ゆうたの言葉がきっかけだったと言う。家族になぜ言う気になったのかとこうぞうがゆうたに訊いたとき、「もし言わずに死んでしまったら、自分が好きな人間に死ぬまで嘘をつくことになるのが嫌だから」と言われたそうだ。なるほど、と素直に思い、自分もそれは嫌だなと思ったから母親に言うことにしたという。

意を決して、ある日お母さんに告白をしたら、インタビューの答えと同じようにあっさりと「あらそうなの」という返事が返ってきて拍子抜けしたらしい。

自分の性的指向を異性愛者があえて言うことはあまりないだろう。私だって異性愛者です、とわざわざ宣言したことはない。でも、本来ならば、それは誰も言わなくていいはずだ。好きな人ができたときは、それを伝えたい人にだけ言えばいい。

こうぞうのお母さんがスイカと手紙を送ってきてくれたことがある。彼女はスイカの名産地の植木というところで働いているので、叩くといい音のする、りっぱなスイカが送られてきた。まるごと冷蔵庫に入れるのは無理なほどの大きさだ。

手紙は、お詫びの手紙だった。恋愛が破綻したときにどちらが悪いということは普通ならあまりないのだろうが、ゆうたと別れたときは、あきらかにこうぞうに非があった。その頃ゆうたは県外に住んでいたのだが、熊本に帰って来て二人で暮らすことを決めた直後に別れることになった。結局、一人で熊本に住むことになったゆうたの家は、時間がなかったこともあって私が代わりに探すことになった。個人的なことなのでそれ以上詳しくは書けないが、私もゆうたがかわいそうだと腹を立ててしまった。一度、詫びの電話があったが冷たく対応してしまったので、こうぞうも自らを責めて店に来づらくなってしまったようだった。

お母さんから手紙が送られてきたのは、それからしばらく経ってからのことだった。彼らはお互いの家族ぐるみで仲良くしていたので、「胸に穴があいた様で辛いです」と書いてあった。「お口汚しですが、ゆうたくんと召し上がってくださいませ、又、お目にかかれる日を待っております」と手紙は結んであった。

そういえば、最近店にいらっしゃっていないと気がつき、慌てて返事を書いた。なんと書いたのかは忘れてしまったが、どうぞお気になさらず店に来てください、と書いたはずだ。お母さんのことまで頭が回らなかったことを反省しながら、スイカはおいしくいただいた。

この手紙のことは、あまりにプライベートな話になるので書けないと思っていたのに、書いていいと言われた。こうぞうが次の本はいつ出るんですかと訊くので、お客さんのことを書くように言われているからなかなか進まないんだよ、面白いことほど書きづらいでしょと答えた。例えばこうぞうのスイカの話とか書けないじゃん、と言ったら意外にも書いていいですよと言う。いい記念になるし、と。

どのくらいの間、こうぞうが店に来なかったのか忘れてしまったが、いまではゆうたとカウンターで並んでも平気になった。もちろん、そうでなかったら、こうして書くことはできない。

ふたたび店に来るきっかけをつくってくれたのは、こうぞうの友達だ。ある日、カウンターに座っていたお客さんに、待ち合わせしていたこうぞうから電話がかかってきた。店には行けないから近くで待っていると言っているようだったので替わってもらい、こっちまで来たらと言った。しばらくして、緊張した面持ちのこうぞうが、久しぶりに来店した。それからは、ゆうたが店にいるかどうかを気にしながらも、ふたたび店に通ってくれるようになった。

二人が別れたあとは、豆子さんから「こうぞうくん元気にしてはるやろか？」とたまに訊かれていた。豆子さんというのは、ゆうたのお母さんのことだ。本名は違うのだが、最初に「豆子」だとゆうたから紹介されたので、店では彼女のことをみんなが豆子さんと呼ぶ。なんで豆子なの？　と訊いたら、豆っぽいからと、よくわからない返事をされた。ゆうたは、よくそういうふうに人に名前をつける。私のことも最初はよりこさんと言っていたので、豆子さんの携帯電話の私の番号の登録は「よりこさん」となっている。彼女はしばらくそれが本名だと思い込んでいたそうだ。

また店に通うようになったこうぞうからも、「豆子さん、元気ですか？」とたびたび訊かれていた。そして数年後、ゆうたの両親が熊本に移り住んだので、直接に挨拶が交わせるようになった。

店に来ていなかったころ、こうぞうが閉店後の店の中をのぞいていたことがあったらしいと、人づてに聞いたことがある。それを聞いたとき、私から店に来たらと誘うべきだったとちょっと後悔した。もう腹を立ててなどいなかったのだが、ゆうたが会いたくないと思っていることがわかっていたので言えなかった。思った通り、こうぞうがふたたび店に来るようになって数年間は、ゆうたとばったり顔を合わせるとかなりぎくしゃくしていた。ゆうたがカウンターに座っているのに気が付いて、こうぞうが店を素通りしていったこともあった。それでも、人の気持ちはゆるやかに変化する。

最近になってようやく、二人は普通に挨拶を交わせるようになった。

この間は、こうぞうのお母さんとゆうたがカウンターで一緒になって、ずいぶん久しぶりに会話を交わしていた。ゆうたくんはぜんぜん変わってないね、と再会を喜んでいらっしゃるようだった。

時間が奪うものもあるが、時間が取り戻してくれるものもある。

シールとドーナツ棒

探しものをしていたら豆子さんからの手紙が出てきた。

きらきらしたシールがたくさん貼ってあった。豆子さんからもらう手紙やメッセージカードには、文字の隙間を縫うようにしていくつものシールが貼ってある。彼女はシールとお菓子と本が大好きだ。

イベントごとも大事にしていて、誕生日はもちろんのこと、バレンタインやクリスマスにもプレゼントを持ってきてくださる。お菓子はたいてい、かわいらしい絵がついた缶に入っている。

ゆうたの両親は、数年前に熊本に移り住んだ。引っ越してくる前からたびたび遊びに来ていたので、お客さんとはすっかり顔なじみになっている。仲良しなので、いつも二人一緒だ。たっきーと豆子ちゃん。お父さんの名前をもじって「たっきー」と呼んだお客さんがいたので、みんなからそう呼ばれるようになった。たっきーはいつもバンダナを頭に巻いている。バンダナを巻いて、こんなにさまになっている人を他に見たことがない。

豆子さんが常連さんたちと話したり、本や雑貨を選んだりしている間、たっきーはいつもハイネケンを飲みながら窓辺に座って静かに本を読む。豆子さんが、あちらこちらの棚の前に座り込んで夢中になって本を選ぶ姿はとても楽しそうに見える。買って帰った本がちょっと自分には合わなかったというときはちゃんと教えてくれるし、気に入ったときは必ずお礼を言ってくれた。

「久子さんが薦めてくれはった本、いまの私にぴったりやったわー」などと。

佐世保出身だが京都に長く住んでいたので、自然と京都弁になる柔らかな話し方は、豆子さんによく似合っている。

豆子さんは記念写真を撮るのも好きだ。携帯をスマホにしたい理由は写真をたくさん送れるから、だった。一緒に撮りましょう、と私もよく言われた。写真は苦手だけど、豆子さんの愛嬌たっぷりの笑顔でそう言われると断れない。

二月もあと少しという頃、庭の梅が咲いたから、と幸子さんが持って来てくれた。幸子さんの家は歩いてすぐのところにあるから、庭仕事をしたついで、といった感じで花だけを抱えてふらっと現れる。

梅の花びらは薄ピンクのグラデーションでふっくらとしている。あまり幸子さんらしくない花だと思ったら、彼女が住むようになる前から植えてあったらしい。好みじゃないけど、きれいに咲いたからみんなに見てもらったほうがいいと思って、と言っていた。ふっくらとした花の様子を見ていたら、豆子さんの顔がふと浮かんだ。「わあ、きれいやわー」というに違いない。彼女は草花が大好きで、花の絵を描いていると言っていた。「豆子ちゃんが喜びそうな花だから、ゆうたに持っていってもらおうか」と幸子さんと相談した。

豆子さんは数日前からホスピスに入っていた。

彼女は数年前に発病して療養生活を送っていた。病気がわかったあと、たっきーが会社を勤め上げたこともあって熊本へと移り住んだ。故郷に戻ることにはあまり執着がなかったようで、子供が住んでいて、少しだが地縁もある熊本を終《つい》の住処《すみか》と決められたようだ。

ずっと臥《ふ》せっていたわけではなく、小康状態が続いていた時期には店にもよく顔を出してくれていた。しかし、ここ最近はめったに現れなかった。顔見知りのお客さんたちからは「豆子さん、元気ですか？」と訊かれていた。たまにいらしても、痛みがあるようで体がきつそうな様子だったが、「私、がんばるよ」といつも笑顔でおっしゃっていた。

連絡をするとゆうたが梅の花を取りに来てくれた。他にも花をもらって花瓶が足りないと言っていたので、たぶん花に囲まれているだろう。店内も花が咲き乱れている。いただきものの花が重なって、トサミズキに梅に椿と、春の花の香りが店内を満たしている。豆子さんが見ているのと同じ梅を、私たちも見る。トサミズキは初めてもらったが、花の付き方が独特で見飽きない。黄色い小さい花が連なって下を向いてかんざしのように咲いている。しゃらしゃら、と音がしそうだ。

落ちはじめた梅の花びらを手に取ると、光がすけるほどに薄いが、撫でまわしてもやぶけない。触るとすべすべして、気持ちがいい。ティッシュ一枚くらいのさわり心地なのに、ちょっと引っ張ったくらいではびくともしない。結局は捨てるのだけど、ゴミ箱に放り込むのに少し気が引ける。まだ、生きている感じがして。

それから数日後、梅の花が散ってしまうのと時をおなじくして、豆子さんが逝ってしまった。豆子さんは毎年桜の花を見るのを楽しみにしていたので、咲いたら病院に持っていきたいね、と幸子さんと話していたがかなわなかった。

けれど、桜はやっぱりきれいやねえ、とただそれだけを思って見た去年の桜が見納めとなったのは、よかったことかもしれない。

それとも、去年だって、これが最後かもしれないと思って見たのだろうか。

ゆうたから葬儀の日時を知らせるメールが来たので、幾人かに知らせた。仲のよかったお客さんやスタッフ、元スタッフにも。

店を早めに切り上げて、数人で誘い合わせて葬儀場へと向かった。受付でゆうたが「黒糖ドーナツ棒」を配っている。熊本土産として人気のお菓子だ。ゆうたは確か黒糖を使ったお菓子があまり好きではないから、豆子さんが好きだったのだろう。透明の袋に詰め合わせてあって、くまモンや新幹線や猫……もこもこしたシールがたくさん貼ってあった。豆子さんの残したシールに違いない。ゆうたらしいことをする、と少しほっとした。

たっきーは、さすがに今日はバンダナをしていない。バンダナをはずしたところを初めて見た。葬儀場には豆子さんの描いた絵が飾ってある。油絵だろうか、やはり花の絵が多い。写真で見せてもらったことはあったが実物は初めて見た。写真も飾ってある。にこにこと笑った豆子さんがいる。

大阪からかけつけていたゆうたのお姉さんの姿に、みんな豆子さんの面影を見ていた。泣きはらした顔で、でも笑顔で挨拶してくださる。笑い方が豆子さんにそっくりだ。

通夜が終わり、お茶でも飲んでいってとゆうたから言われ、なんとなく店の関係者で寄り集まってテーブルに座った。さみしいねえ、誰ともなくつぶやいている。はたと、私はみんなとそれぞれに店で会っているが、ずいぶん久しぶりに顔を合わせた人たちもいるだろうと気が付いた。元スタッフのまゆみちゃんは、最近少しご無沙汰だったので初めて会う人もいるようだった。葬儀なのに、なんだか店の同窓会のようだ。店以外の場所で、このメンバーが集う事なんてなかなかない。

ゆうたの友達のがっちゃんが来たので声をかけると、通夜には似合わないかわいらしいてぬぐいで涙を拭っていた。豆子さんにもらったてぬぐいだと言う。豆子さんが熊本に越してきたときに「これからよろしくね」とくれたそうだ。探して持って来たのだなと思っていると、手紙も添えてあったと、がっちゃんの喪服のポケットから豆子さんの手紙が出てきた。がっちゃんも喪服の似合う大人になったなとしみじみしていたところだったが、昔、わんわん泣きながら店に入って来たときのことを思いだした。手紙を広げて見せてくれたのでゆうたとのぞき込むと、意外にも貼ってあるシールが少ない。シール控え目ね、とゆうたと笑い合った。

こうぞうも仕事が終わってからお母さんと線香を上げに行ったそうだ。彼らが家族ぐるみで付き合いができていたのも、カミングアウトをしていたからだよな、とつくづくと思った。ゆうたが豆子さんに打ち明けたとき、豆子さんは「気付いてあげられなくてごめんね」と言って泣いたそうだ。

次の日、葬儀にも顔を出した。出棺の準備をしているときだったろうか、たっきーが「すぐそっちに行くからね。すぐじゃ、早すぎるか」と、いつものような笑顔を浮かべて豆子さんに語りかけていた。

ドーナツ棒のシールは、お姉さんと一緒にせっせと貼ったらしいが、それでも「まだまだたくさん余ってんのよ」と、ゆうたが後日言っていた。

握手

関さんに初めてお会いしたのは二〇一六年のことだった。関さんは、十五歳のときに国立療養所・菊池《きくち》恵楓園《けいふうえん》に強制収容されたハンセン病患者だ。

あるとき、一緒に『アルテリ』をつくっている浪床《なみとこ》敬子さんが、読んでみてくださ い、と関さんの本を貸してくれた。文章を預かっているから『アルテリ』に掲載したい、とも言う。浪床さんは以前から仕事でも恵楓園に通っていて、関さんと親しかった。その本を読んだあとに浪床さんと二人で、次号の『アルテリ』に文章を掲載させてください、とお願いに行ったのだ。

貸してもらった本のタイトルは『故郷は近くにて』。関さんの故郷は、近いけれども遠い。冒頭の「告白」という章に、次のような文章があった。

故郷を遠く、幼いころのあらゆる思いを断ち切り、声に出せない兄弟たちの叫びを胸に感じ、弟が飲むはずの母の乳も止まり、顔が合えば涙が枯れ血の涙が出るほど泣き明かし、父親の説得で無理に不運とあきらめて、親元を離れ、ここが安住の地と思えるまでに何年かかりましたか。

この数行に関さんの人生のあまりある辛さと悲しさが、凝縮されている。関さんだけではない。多くのハンセン病患者の、とも言えるだろう。本を読み続ける間、この文章がずっと頭から離れなかった。とはいえ、関さんはチャーミングな人だから、文章にもそれがにじみ出る。根底にあるこの悲しみは常に見え隠れするが、ときにユーモアがひょっこりと顔をだす。つい先日、この本を読み返した。もう顔を知っているから、関さんの照れたような笑みがときおり脳裏をよぎる。そして、数えるほどしか会いにいけなかったことを詫びたい気持ちになる。

恵楓園をふたたび訪れたのは、『アルテリ』三号ができあがって、しばらくしてからのことだ。宝くじの当選番号を確認したいって関さんが言ってますよ、と浪床さんから連絡が来た。それで、また連れ立って関さんを訪ねた。

掲載誌を浪床さんに持って行ってもらったときに、謝礼代わりの宝くじも一緒に渡してもらった。なぜ宝くじかというと、関さんが謝礼を固辞されたからだ。どうしようかと相談していたら、関さんは宝くじを買うのが好きだから、宝くじにしましょうと浪床さんが提案してくれた。受け取ったとき関さんは、当たったら三人で分けようね、と喜んでくれたそうだ。あなたたちと一緒に当選番号を確認するから、と。

前回は共有スペースで面会したのだが、このときは部屋へと通してもらったので、お連れ合いの清子さんともお会いすることができた。みんなで関さんが切り取ってい た当選番号の切り抜きと囲み数字を確認するが、残念ながらどれもハズレだった。

お茶をいただいていると、これ美味しいから食べて、とスナック菓子を何度もすすめてくださる。清子が最近気に入っているからいつも買っている、と関さんがおっしゃった。

帰り際に、冷凍された銀杏をお土産にいただいた。そして、清子さんがつくる銀杏ごはんが美味しいのだと自慢された。冷凍したのでつくるより、採りたてでつくったほうが美味しいから、秋になったら銀杏ごはんを食べにおいで。そう言われて、また秋に来ますねと約束をして、次号の原稿を預かって帰った。

しかし、約束は果たせなかった。清子さんは体調を崩されて銀杏ごはんをつくれず、私は忙しさにかまけて訪れることをしなかった。呼ばれなくても行けばよかったのに。

関さんは店に一度だけ来てくださったことがある。銀杏ごはんの約束をしたのより、後だったのか先だったのか、思い出せない。療養所の方が付き添ってくださり、関さんが珈琲を飲みに来られた。お土産にカステラをくださって、一度来てみたかった、とおっしゃる。ちょうど、その前日に『故郷は近くにて』を若い人が買っていかれたと告げると、はにかんだような笑顔を見せてくれた。長居はされなかったが、思いがけないことでうれしかった。

最後にお会いしたのは、清子さんが亡くなったときのことだ。ちょうど桜の季節だった。定休日で、どこか近場の桜を見に行こうという先約があったのだが、朝から浪床さんから連絡が来たので、恵楓園のすぐ近くの菊池公園の桜を見てそのまま通夜へ行くことにした。

恵楓園に着いて、車で待っててもいいけど、どうする？　と連れに訊くと、参列したいと言う。浪床さんも合流して園内に用意してある通夜会場へ入ると、忙しいんだから来なくていいのに、と関さんがしきりにおっしゃった。お連れさんまで申し訳ないなあと、困ったようにおっしゃる。でも、私たちは行きたかったから行ったのだ。帰り際、関さんは気を遣って、明日の葬儀は来なくていいからね、と念を押された。

帰り道、恵楓園の桜が見事に咲いていた。前を行く浪床さんの車がふいに停まる。何かあったのかと思って、私たちも車を停めた。どうしたの？　と車を降りて訊くと、桜を見ようと思って、と浪床さんが言う。今年はまだ桜をちゃんと見てなかったなと思って、と言う。私もそうだった。その日、やっとゆっくりと桜を見た。関さん夫妻のおかげで、恵楓園の桜も見ることができた。車のあまり通らない園内の道路で、浪床さんと満開の桜を見上げた。青空に桜が映える、よい天気だった。

それから一年も経たない梅の季節に関さんが旅立った。

『故郷は近くにて』の中で、関さんが〝オヤジ〟と呼んでいた療養所の古老に、人との交わり方も教わった、とある。そのオヤジの言葉として、「心しておけ。『生まれるときも一人、死ぬときも一人』と昔の人は言っている」と書いてある。関さんは清子さんを死の直前まで一人にしなかった。彼女を最後まで看取ってから、一人旅立たれた。

二〇一九年一月二十日、関さんが亡くなりました、と浪床さんからメールが来た。なんか悲しくて仕方ないです、と書いてある。翌日の葬儀に二人で行くことにした。途中、供えようと花を一輪ずつ買った。

療養所入所者の葬儀に遺族が来ることはまれであるという。しかし、その日は関さんの姪御さんたちが来ていた。彼女たちがここにいる姿が関さんに見えているといいなと思った。さぞやうれしいだろうと思った。

両親の死に水もとれず、兄弟たちに会うことさえできなかった関さんの、唯一、交流が絶えなかったお身内が、お姉さんのご家族だ。危篤状態の義兄に面会に行った日のことを描いた文章に、姪御さんたちが出てくる。「義兄の枕頭で、在宅高齢者のヘルパーをしている二人の成人した姪とも会いました」とある。そのとき彼女たちは、「おっちゃんのことは知っているから、心配せんでいいよ」と関さんに言ったという。それを聞いた関さんは、一瞬鼓動が激しくなり驚きで体がふるえた、そうだ。

関さんにとって、血のつながりを肯定されるということは、どれだけ心を揺さぶることだったのか想像できるものではない。ましてや、肌の温もりには、もっと渇望する心があったことだろう。

お父さんの初七日の前日、お姉さんが突然訪ねて来て、「敬ちゃん」と呼ぶなり、しがみつき声を殺して泣いたそうだ。お父さんが亡くなったことを関さんは知らされておらず、お姉さんはそのことを伝えに来たのだ。「ここに来てから姉に触れたことがない」と関さんは書いている。「ここ」とは療養所のことだ。その姉が彼の胸で泣いていた。

「その姉の小さいこと、肩の細いこと、涙と咽する息の感触に、今まで感じたことのない姉の温もりを知った」とも書いてあった。

初めて関さんに会った日の帰り際に、握手しましょうと手を差し出した。関さんは、照れたような笑みを浮かべ、握手してくれた。〝じゃあ、私も〟と、浪床さんも手を差し出した。このときの笑顔が、関さんが私に見せてくれた笑顔の中で、いちばんうれしそうだった。療養所の外から来た人と肌を触れ合うということは、特別なことであったに違いない。関さんにとって、療養所の高い塀は消えることがなかったのだろう。

ハンセン病を患った人たちの多く、とくに療養所で暮らす人たちは偽名を使っているという。

私は関さんの本名を知らない。

ヤッホー

ご近所に住んでいて、ちょくちょく顔を出してくれるお客さんがいる。私より少しお姉さんのミチコさんだ。目がくりくりとかわいらしく、笑うと口元だけではなく、目元からほんとうに楽しそうな笑顔になる。

ふらっと立ち寄ってくださるのは、たいてい買い物の途中だ。近所の八百屋さんにもたまに行かれるのだが、ミチコさんが自転車を忘れているかもしれないと八百屋さんから連絡が来たことがあった。連絡先を知らないから尋ねてくれませんかとおっしゃる。彼女に電話をかけて訊いてみると、今日は歩きよ、と自信を持っておっしゃった。しかし、しばらくして照れ笑いを浮かべながらやってきた。あとで不安になって確認したら、ご自宅に自転車がなかったそうだ。恥ずかしいから、夫にはコンビニに行ってくるって言って取りに来ちゃった、と言う。また笑い話をひとつ増やしてくださった。

今日も扉の隙間からこっそりと顔を出し、まずは挨拶の笑顔を見せてから、中に入って来られた。昨日、洗剤買うの忘れちゃって。うちには洗剤も売っている。昨日も来て、今日もふらっと立ち寄れるくらいのご近所さんだ。ご自宅の場所をはっきりと知っているわけではないが、もともと近かったのが、店を引っ越してからはより近くなったそうだ。

店を目指して来てくれるお客さんも、旅行中にいらっしゃるお客さんも、もちろんうれしいが、ご近所さんがふらっと来てくれるというのはまた違ったうれしさがある。安心感とも言えるかもしれない。切らした洗剤を買いに来たり、隙間の時間に本を探しに来たり、もしくはひとこと伝えたいことがあるだけだったり。

あのね、ちょっと言いたいことがあったの。

ミチコさんがそう言いながら入って来て、ひとことが長い立ち話になることもある。彼女が店に来はじめた頃、熊本出身だけれどずっと県外に住んでいて、さいきん越して来たのだと教えてくださった。だから面白い場所があったら教えてね、とおっしゃった。それからは、買い物途中や病院の帰り道に寄ってくださるようになった。一杯飲んでいこうかな、とカウンターで少しお話をしていかれることもある。

外見がとても上品なのですっかりだまされるのだが、下ネタも平気で口にされるから面白い。見た目のせいか、あるいは話し方のおかげか、何を口にしてもちっともいやらしい感じはなく賑々《にぎにぎ》しくなるばかりだ。彼女は以前話す仕事をされていたので、言葉遣いがとても美しく、発音もきれいだ。今日も私にぴたりと寄り添って、見えてるわよ、といい声でおっしゃる。何が見えてます？　と訊くと、谷間、と言いながらうふふと笑っている。念のため言っておくと、私の胸は平らに近いので、谷間はスカスカだ。ぜんぜんないからいやらしくないでしょと自虐ネタで返すと、いまは社会人やめちゃったからいいけど、こんなこと職場で言ってたらセクハラだよねえ、と言いながら笑っている。セクハラどころか、会社にこんな先輩がいたら、さぞや楽しい。彼女は、下ネタだけじゃなく、とてもほめ上手だ。ひさこさんの文章だいすき、などと言ってくれる。ほめ殺されるかと思うほどほめてくれる。職場にいたら、きっと後輩のことだって上手にほめて育てるはずだ。

ご近所さんの顔が見えるということが、いちばんうれしく頼もしく感じたのは、地震のときだった。知っている顔が見えて、こんにちは、と挨拶を交わす。余震が来ると、大丈夫？　と声をかけあう。そんなささいなことで、気持ちの揺れがおさまっていく。こわいね、こわかったね、一人でそう思っているより、誰かと言い合うと、こわいが少し淡くなる。

ミチコさんも、地震の数日後に顔を出してくださった。おそるおそるのぞき込みながら、大丈夫だった？　と案じてくださる。どうかなーと思って見に来た、とおっしゃる。近況をひとしきり述べあうと、彼女がとつぜんなぞの言葉を発した。

「震災ノーブラヤッホーよ」

「何ですか、それ」

「ないしょだけど、地震だから、ブラジャーしてないの。してられないでしょ」

「私はしてますけど、してないとスカスカして中身が見えちゃうかもしれないもん」

そのあとは、二人で震災ノーブラヤッホーを連呼して、笑いが止まらなくなった。たぶん、少し震災ハイになっていた。

地震のときは、ものすごく落ち込んで内側に閉じこもる人と、動き回っていないと落ち着かなくて、休む間もなく動いているうちにテンションが上がってしまう人がいた。私は間違いなく後者で、動きを止めてしまうことが不安だった。どちらであろうと、平常心でないことに変わりはない。

だから、彼女のこの軽口に、とても助けられた。こわばっていた体がするするとほどけていくようだった。それからは、しばらくの間、私たちの合言葉は「震災ノーブラヤッホー」だった。私にはブラジャーが必要で、ヤッホーできなかったが。

毎年五月に、熊本で〝本熊本《ほんくまほん》〟という本のイベントが開催されている。トークイベントや一箱古本市など、各会場でさまざまな催しがあるのだが、今年は〝飛び入り朗読会〟を店で開催した。正午から夕方五時まで、店の真ん中あたりに設置したマイクの前で読みたいお客さんが勝手に朗読する、という催しだ。その間も店は通常営業をする。何も細かいことは決めず、申し込みも不要にしていたので、いざその日になったら誰も読まないという可能性もあったのだが、幸いなことに来店したお客さんのほとんどが読んでくださった。

読みなれている人もいれば、今日が初めての朗読です、という人もいた。詩に民話に小説に絵本……とさまざまな本の一節が、いろんな声色で読まれるのを聴くのは、なかなか楽しかった。子供が本を読んで、とねだる気持ちが少しわかった気がする。朗読がうまいと知っていたから、読みに来てくださいよ、とミチコさんも誘っていた。そうしたら、ひさこさん一緒に読んでくれない？とイベントの数日前に言われた。一緒にってどう読むんです？　と訊くと、宮沢賢治の「春と修羅」を読むから括弧の中を読んで、とコピーを渡された。メイクラブしましょ、とにっこり笑われては断れない。

当日は、開店してすぐにちらほらとお客さんが入ってきたのだが、一人目というのは緊張するらしくなかなか誰もマイクの前に出ないので、私が火付け役で短い詩をひとつ読んだ。そうすると、空気が少しほぐれたのか、朗読する人がちらほらと現れた。お客さんたちはだんだん状況にも慣れてきて、朗読がない間は本を読んだり、雑談したりと好きに過ごし、誰かの朗読がはじまると自然と耳を傾けるようになった。

三時過ぎだったろうか、約束通りミチコさんがやって来て、まずはワインを一杯ひっかけると、石牟礼道子さんの「花を奉る」を読んでくださった。そして、一緒に読みましょうと呼ばれたので、肩を寄せ合って「春と修羅」を読んだ。彼女は美しい発音で見事な朗読だったのだが、私は短いパートにもかかわらず嚙んでしまった。でも、楽しいメイクラブだった。

それから数人が読んだあと、ミチコさんが「なんでもおまんこ」を誰か読めばいいのに、と言い出した。『夜のミッキー・マウス』という谷川俊太郎さんの詩集に入っている詩だ。なにせ、店内には谷川さん直筆の「なんでもおまんこ」の一節がある。他の人たちも話に乗って来て、やっぱり男の人が読んだほうがいいよね、などと言っている。もう終わりかけの時間で男性は二人しか残っておらず、一人は大学生になりたての若いお兄さんだったからさすがにみんな遠慮して、洋介くん読みなよ、ともう一人に白羽の矢が立った。

「なんでもおまんこなんだよ」とはじまる詩だから嫌がるかと思ったら、しょうがないなあ……といった感じで立ち上がり、思いのほかすらすらと読んでいた。

ミチコさんはそのあとさらに、谷川俊太郎さんの詩をみんなで一行ずつ読みましょうよ、と言い出した。「生きる」がいいんじゃない。読みたい人、手あげてー。スマホで全文出てくるから、みんな画面に出しましょう。学校の先生のようにてきぱきとみんなをまとめあげて朗読を完成させ、さらに場を盛り上げてくれた。

そうこうしていたら、おわりまであと十五分というところで吉本由美さんが来て、自著を読んでくださった。吉本さんは、自身のイベントなどでも朗読をしたことがなく、驚いたことに人生初朗読なのだという。雑誌に連載していたという話をふたつ読んでくださった。大人の話と子供の話。すこし心の奥がざわっとして、せつないけれど、どこかあまやかな話。

初めてとは思えないような、落ち着きのあるしっとりとした朗読が終わり、ちょうどその日の朗読会はおしまいとなった。もう夏至も間近で、陽が長い。日曜日の黄昏《たそがれ》どき、声の余韻をもって三々五々帰っていった。

朗読の次の日にミチコさんが来て、洋介くんの「なんでもおまんこ」、意外と上手で色っぽかったね、とチャーミングに笑っていた。

ゆうひとあさひ

ゆうひとあさひは、ちばちゃんの子供たちだ。ゆうひは夕日ではなく、優日と書く。二人目も男の子とわかったとき、みんなで次はやっぱり「あさひ」かなあと冗談めかして言っていたら、ほんとうに「あさひ」と名付けられた。こちらも、朝日ではなく、朝陽と書く。ゆうひとあさひ、そう紹介すると、あさひがお兄ちゃんだと思う人も多いらしく、よく呼び間違えられるそうだ。でも、ゆうひは優しくてあさひは朗らかだから、二人を知っている私にはしっくりとくる名前だ。

二人とも、お腹の中にいたときから店に来ている。大きくなったら、親戚のおばちゃんみたいに、生まれる前から知ってると言おうと思っている。

ゆうひはお腹の中にいるときに店のライブに来たことがある。ライブの日程は出産予定日よりあとだったのだが、近づいても生まれる気配がなかった。ちばちゃんは出産のために里帰りしていて、歩いたほうがいいからと毎日のように店に通って来ていた。このままライブも来れちゃったりして、とみんなで冗談半分に言っていたら、ライブ当日となってもやっぱりまだ生まれない。それで、音楽を聞いたらなんだか世の中は楽しそうだって出てくるかも、と言ってちばちゃんがほんとにライブを見に来ることになった。そのおかげかどうかはゆうひに聞いても覚えていないだろうが、数日後、無事に生まれた。この日までに生まれなかったら陣痛促進剤打たなきゃね、と病院で言われていた日の朝に生まれたそうだ。

あさひがお腹にいるときは、いつも通りアクセサリーの展示をした。まだその頃は以前の店舗で営業していたので、ギャラリーは二階にあった。大きなお腹を抱えて狭くて急な階段をのぼらないといけないから、お客さんたちがみんな心配してずいぶんといたわってくださった。ゆうひも、一生懸命に設営や撤収を手伝っていた。転ぶこともなく会期を終えて、あさひも無事に生まれた。

彼らは熊本には住んでいないが、年二回は必ず帰省するし滞在もわりと長いので、他のお客さんともすっかり顔なじみになっている。「あさひはやんちゃで、まだ怪獣みたいだから」と言ってあまり店には連れて来ないが、兄さんのゆうひはもう小学校の高学年で、バスに乗って一人で来ることもできるようになった。だから、ゆうひはいちばん若い常連さんと言ってもいいだろう。

父さんも母さんも本をよく読むから、小さいときから絵本が大好きだった。ちばちゃんはアクセサリーの展示も兼ねて帰省するので、展示中の留守番のごほうびにいつも二人に本を買ってあげる。あさひの本はまだ彼女が選んで買って帰ることが多いが、ゆうひは必ず自分で選ぶ。わりと小さいときからそうだった。子供の本を並べている棚の前に座り、じっくりと一通り目を通す。いつも真剣に選んでいる。

ゆうひがまだ小学生にもなっていなかった頃、本を選ぶのにずいぶんと時間がかかったことがあった。まだ引っ越し前で、本屋と喫茶店はスペースが分かれていた頃のことだ。好きなのを一冊買ってあげると言われ棚の前に座り込み、本屋で一人、ずっと絵本を読んでいた。棚から一冊ずつ取り出してはじっくりと頁をめくる。たぶん、そうやって全部の絵本を読んだようだった。その間、ちばちゃんはカウンターでお茶を飲みながら話し込んでいた。そろそろ帰り支度をはじめたちばちゃんが待ちきれなくなって、決まったー？ と声をかけると、ゆうひは困ったような顔をして選べないと言う。最後に手にしていた絵本は、いまではもうタイトルは思い出せないが、たしか見開きの半分は文字がぎっしりと書いてあり、しかも死をモチーフにしたものだった。これも読んだの？　と訊くと、僕にはちょっと大人過ぎた、と慎重に答えた。ちっちゃい体でたくさん考えたのだろう。疑問や不安や、知りたいと思う気持ちをごちゃまぜにしたような顔をしていた。

買わなくていいの？　と念を押されても、選べないと言って結局どれも買わずに帰ったのだが、家に着いてから電話をかけてきた。ゆうひの欲しい本が決まったから、今度買うので取っておいてほしいという電話だった。それは、もちろん最後に読んでいた本ではない。でも、買わなかった本も、ゆうひに何かしらの痕跡を残したに違いない。

小学校四年生の夏休みに、ゆうひは、初めて一人で店に来た。それまでは、母さんと一緒に来るか、おじいちゃんが車に乗せて来てくれていた。なぜ一人で来ることになったかというと、「消しゴムハンコ教室」をやってもらうことになったからだ。ゆうひは店にやってくる大人たちとずいぶん顔見知りになっていて、中でも保育士の洋介とはすっかり友達になっている。洋介は消しゴムハンコをつくるのが上手で、それを見せてもらったゆうひがすっかり感嘆して、自分もやってみたいと言ったからだ。ちばちゃんは店のギャラリーでアクセサリーの展示中だったので、開店時間にあわせて先に店に来ていた。帰りは一緒に帰ればいいから一人でおいでと言われていたゆうひは、バスに乗ってあとからやって来た。

仕事帰りの洋介と待ち合わせたゆうひは、ちょっと緊張した面持ちで店に入ってきた。先に母さんが来ているとはいえ、喫茶店に一人で入るなど、小学生の頃の私には経験がない。それどころか、大人と一緒でも喫茶店に行くのはちょっと緊張していたと思う。

最初はまわりで「なに彫るの？」とか「うまいじゃん」とかやんや言っていたのだが、ゆうひがあまりに真剣な面持ちで休むこともなく消しゴムを彫っているので邪魔をするのは気が引けてきて、次第にまわりも静かになっていった。ひとつ彫り終えると、できた、とゆうひがうれしそうに見せに来る。ギャラリーに持っていって母さんにも見せている。そうして、また次のお題を洋介からもらって彫りはじめる。いつの間にか、洋介はゆうひの「師匠」ということになっていた。洋介も一緒に消しゴムを彫っているが、手慣れたものなので、合間に他のお客さんと雑談したり煙草をふかしたりしている。でも、ゆうひは、一心不乱に何時間も黙ってハンコをつくっていた。

ゆうひは本読むのが好きだから、お話をつくって消しゴムハンコで絵を描いて、絵本をつくればいいんじゃない？　夏休みの自由研究にしちゃいなよ。大人たちに、そうそそのかされると、本人もまんざらでもない様子だ。早速、洋介が製本の仕方なども教えていた。帰る時間になると、掃除をちゃんとして帰ろうと師匠に言われて、掃除機まできちんとかけて、ありがとうございましたー、と満足げに帰っていった。

夏休み中に数回のハンコ教室をやったが、最後の日は少し助言をもらうくらいで、すっかり一人で彫れるようになっていた。もう弟子が師匠を追い越したかもねーとみんなにほめられて、ゆうひはちょっと恥ずかしそうに笑っていた。絵本の内容の相談も少ししていたようで、夏休み中に自分で絵本を完成させる、と師匠と固く約束を交わしていた。

最後のハンコ教室の日、閉店間際までいたちばちゃんとゆうひは、いつものごとくさみしくなっていた。帰省の終わりはいつもさみしがる。でもゆうひは、扉の前でくるりと振り返ると、普段はわりとぼそぼそしゃべるのに、聞いたことないような大きな声で「師匠、ありがとうございましたー」と言って帰っていった。二人とも少し泣きそうな顔をしていた。

ゆうひは、夏が終わると、約束通り絵本をつくって送ってきた。宛名はちゃんと〝ひさこさん〟と〝ししょう〟になっている。場所を貸してくれてありがとうございました、と私にも律儀にお礼を書いてくれている。絵本は、お世辞ではなくほんとうによい出来で、ゆうひのことを知っているお客さんたちに見せたらみな驚いていた。

『FDのぼうけん』というタイトルで、車が平和にくらす村のはなしだ。ゆうひは小さいときは電車が好きだったが、最近は車に凝っていて、FDはいちばん好きな車の名前らしい。ギャング団に襲われたとなりの村を助けに向かったFDと、途中で出会った仲間の車たちが、作戦を練ってギャング団を倒す、というストーリーだ。車はもちろんかっこよく彫れていたが、四角や三角のハンコを重ね押ししたりして描かれた道中の景色がなかなかに見事だ。倒して終わりではなく、反省したギャング団のボスを落っことした穴から引き上げ、仲直りして一緒に村を再建して終わる。優しいゆうひらしい、ラストだった。

ゆうひが優しいと思うことはたびたびあるが、中でも印象に残っている出来事がある。ゆうひが私にお金をくれようとしたのだ。
その日、ゆうひはおじちゃんに会いたくて、電気屋さんに顔を出してから店に来た。ちばちゃんの弟のしんやくんは近所の電気屋さんで働いている。店に入るとすぐにカウンターの私のところまで来て、おっちゃんにおこづかいをもらったからそれをお店に寄付する、と千円札を一枚差し出した。自分ひとりで考えていたようで、ちばちゃんも「ゆうひ、いいのー?」と驚いていた。熊本地震のあとのことだ。きっと、大人たちの寄付の話を小耳にはさんでいたのだろう。地震ですっかり涙腺がゆるんでいたから、うっかり泣いてしまいそうなほどにうれしかった。もちろん、もらうわけにはいかないと断ったが、せっかくのゆうひの気持ちだからと、店で絵本を買ってもらうことになった。

今年のゴールデンウィークは十連休になるという人が多くて、帰省客が正月よりも多かった気がする。元スタッフのあきちゃん家族や、ちばちゃん家族も帰って来た。ちばちゃんの連れ合いのたけちゃんは、正月以外の熊本にはあまり来たことがなかったので、春の熊本を満喫したらしい。正月だと店の休みも入るし、家族と過ごす時間が多いので、いままではたけちゃんとは挨拶くらいしか言葉を交わせないことが多かった。でも、今回はゆっくり店を訪れてくれた。ゆうひと二人でテーブルに座ってしゃべっている声に耳を傾けると、話し方がそっくりだ。見ていないと、どっちがどっちか一瞬わからなくなるくらい似ている。二人ともトーンの低い声で、でも楽しそうに話している。

あきちゃんの子供のひなちゃんもすっかり大きくなって、ずいぶんと話しかけてくるようになった。カウンター越しにいろいろと質問をしてくる。子供たちはみんな、カウンターの中が気になるのだ。

みんなあっという間に大きくなって、そのうち親に付いて来なくなるのかもしれない。でも、それを通り越してもっと大きくなったら、子供たちだけでやって来ることもあるのかもしれない。友達や恋人を連れて。それまで店を続けることができれば、だが。

ちばちゃんが帰る前日、最後にもう一度顔を出すと言っていたのに、なかなか来なかった。とうとう、渋滞で間に合わないかもしれませんとメールが来たが、遅くなってもいいよと伝えて待っていた。

洋介のいとこ夫婦も帰省していて、彼らも帰る前に店に寄ってくれた。もっちさんとりっこちゃん。実家は市内から少し離れているのだが、時間があるときは帰り際に寄ってくださる。みんなで話していたら、ちばちゃんがもうすぐ来る、という話から消しゴムハンコの話になり、ゆうひがつくった絵本を二人に見せることになった。ずいぶんとほめてくれて、買いたいとまで言ってくれ、りっこちゃんは、本にして売ればいいのにーとも言ってくれた。本人が聞いたらそうとう喜ぶだろうなと思っていたら、やっとちばちゃん家族が登場した。すると、もっちさんが「おお、作者に会えた」と言っていきなりゆうひに手を差し出した。絵本を読んでもらったんだよと耳打ちすると、ゆうひはいつもの恥ずかしそうな照れ笑いを浮かべ、握手をしていた。たけちゃんもちばちゃんも一緒にうれしそうだ。ゆうひは笑い方もたけちゃんにそっくりだ、と思った。

あさひが、みんながゆうひをほめるのをそばで見ていて「僕も絵本描いてみよっかなー」と言い出したから、さらにみんな笑顔になった。

またいつもの別れの挨拶をし、ちばちゃんは私とハグを交わし、泣くからもうここでいいですと言いながら階段を降りていった。でも、やっぱり外まで付いて行き、じゃあまたねと見送った。しかし、しばらくすると、なぜかまたゆうひが階段を上がって来た。続けてちばちゃんも上がって来て、携帯が……、という。探してもないので車に戻ると、なんと携帯は車の中だった。さすがに恥ずかしそうにしながら、でもおかげで寂しさが少し薄らいで、どたばたとちばちゃん一家は去っていった。いつものちばちゃんだ。

いつもの風景

坂口恭平がシナモンロールを持って来た。

原稿を書きに来たり、描いた絵を見せに来たりと、たいていちらっとでも顔を出すのにしばらく来なかったので、そろそろ落ちたかなと思っていたらメールが来た。「また昨日から、体が固まったよー」と書いてある。続けて、シナモンロールを焼いてみてる、と書いてあった。恭平は躁うつ病だが、最近、深いところまで落ちないためによく料理をつくる。料理の本まで書いている。

食べ物について考えることは大切だ。学校や仕事へ行くのも、人と会うのも、食事を取ることとさえ煩《わずら》わしくなることが誰しもある。でも、コンビニ弁当でも何でもいいから、何か食べたいものあるかい？　と自分に訊いてみる。そうしたら、少し動けるような気がしてくる。

「シナモンロール、大好物」と返信したら持って来てくれた。焼きたてが一個、紙ナプキンに包んである。家が近所だからすぐにぎゅっとくるんで持って来た。少しでも外に出られてよかったが、やはり調子は悪いらしく、じゃあね、と入り口で渡してすぐに帰っていった。カウンターのお客さんと半分こして食べたシナモンロールは、ほんのり甘くておいしかった。

私は店でいただきものばかり食べている。こんなにモノをもらう人見たことない、と元スタッフのユキコちゃんに言われたことがあるくらいだ。店など営んでいる人は、結構差し入れをもらったりする。でも、そう考えたとしても、もらい過ぎだと言われる。たぶん一年のうち、三百日くらいは何かもらっている。

初対面の旅行中の人からいただくこともある。名前も知らない旅行者の人から、なぜか孫の手をもらったことがある。ずっとレジの下に置いていたのに、引っ越しでどこにいったかわからなくなってしまった。ネパールから来たかわいい女の子からはお守りをもらったし、韓国から来たお兄さんは長崎経由で来たからとカステラをくれた。この間は、岡山から来たというお姉さんがきびだんごを二つくれたので、思わずお供しようかと思った。

いただくのは、食べ物だけではない。大物もある。掃除機に自転車にオイルヒーター……。自転車は、自分のことを〝オイラ〟というので、みんなから〝オイラ〟と呼ばれている絵描きの伊東さんからもらった。黄色いかっこいい自転車だ。この間、「もっと、オイラのこと書いてよ」と言われた。

伊東さんは最近、天気がいいと魚釣りに行く。「アジゴ持って来たら食べる？」と訊かれたので、「どんな状態のアジゴ？」と訊き返したら、釣ったそのままを持って来ると言う。店で捌《さば》くのはちょっとねえ……と渋ったら、「しょうがないなあ、南蛮漬けにしてきてやるよ」と言って本当に持って来てくれた。

今日も到来物がたくさんある。晩柑と巻き寿司とアイスクリームときなこをまぶしたナッツ。どれも常連さんがくださった。晩柑は無農薬で手塩にかけて育てられていて、ひとつひとつ大きさも色も微妙に違う。添えられた手紙には、焼酎を割るのにもおいしいです、と書いてある。

晩柑は天草からいらっしゃるお客さんがつくっている。彼女は、店で開催していた勉強会に通ってくださっていた。バスで二時間以上かかる場所なので大変だなあと思っていたが、「帰りのバスは購入した本を読みました。バスは〝超快速〟でここちよく走って　ふと窓の外を見ると　夕方の有明海が。とてもしあわせな気分になる一日を過ごさせてもらいました」と書いてあって安心した。

手紙を読みながら、夕方の有明海がまなうらに浮かんだ。潮が引いた海岸には、風や波が砂紋をつくる。干潟に陽が沈んでいく光景を見るといつも、ふっとどこかに連れていかれるような気になる。幼い頃から数え切れないくらい見たその光景は、飽くことがない。そういえば最近は見ていないなと、波に引き寄せられるような気分になった。

すぐには行けないから、海岸に吹く風や、海に沈んでいく太陽を浴びながら大きくなった晩柑で、焼酎を割って飲んだ。

勉強会は渡辺京二さんを講師として半年間にわたって開催したのだが、いろんな職業の、年齢層もさまざまな人たちが集まった。ばらばらの椅子に、ばらばらだけど、どこか似ている人たちが座っていた。講義はいつも二時間以上もあったのだが、みなさんずいぶんと真剣に聞いてくださった。

生徒は店の常連さんが多かったが、すべての人が互いを知っているわけではないし、全員が毎回来られるわけでもない。最初は多少ぎこちない空気であったが、最終講義が終わる頃にはずいぶんと打ち解けた雰囲気になった。みなさんぼつぼつと集まり、雑談をしたり本を見たりして、はじまる時間までお茶を飲みながらくつろいでいる。大きなお菓子の箱をよく持って来てくださるお客さまがいたから、みなさんに配って、片手におやつという日もあった。

講義が終わると、みなさん自発的に椅子や机を元に戻してくれる。ほんとに学校みたいだと懐かしい気持ちになった。終わってしまうのがなんだかさみしいようでもあった。

勉強会の日によく差し入れしてくださったお客さんは、普段から手土産が多い。宅急便で届いたことも何度かあったので、もらいすぎですよ、と言うと、親戚だとでも思って好きな様にさせてください、と言われたのでいまでは素直に頂戴している。シークレット親戚、らしい。「永久には続きませんので」と笑顔つきのメールが来た。

もらうのも才能がいるんだよ、とそのお客さんに言われたことがある。特別な才能は何もないと思って生きてきたが、もらう才能があったとは。そういえば、店をはじめる前からよくもらっていた気がする。友達の家に遊びに行った帰り際に、彼女のお母さんから持って行きなさいと買い置きの養命酒を渡されたことがある。虚弱体質に見えるからくれるのだろうか。みんなが思っているよりよく食べるし、多少の無理はきくのだけれど。

思えば、いただきもののおかげで店を続けてこられた。引っ越して家賃が安くなったが、前の店舗の家賃はかなり高かった。いっぺんに払えなくて、ひと月の家賃を三回にわけて払ったこともあった。いままでなんとかやって来られたのは、いつだって、差し伸べられたたくさんの気持ちがあったからだ。

もらうたびに、いただいてばかり、と少し申し訳ない気持ちになっていたが、道ばたのお地蔵さんのようなものだよ、と言われてからは気が楽になった。

店のカウンターはいつも散らかっている。私のやりかけの仕事や届いたばかりの本が載っている。いただいたみかんや野菜、お客さんが録画してきてくれたＤＶＤも並ぶ。かりんとうやピーナッツが、コーヒーカップのソーサーに盛られていることもある。まるでばあちゃんちのこたつのうえみたいだ。

5

文庫版のために

旅の仲間

二〇二二年十二月二十五日、営んでいる書店に車で通勤していたら、一緒に『アルテリ』をつくっている浪床さんから渡辺京二さんの訃報が届いた。あまりに突然のことで実感がちっともわかない。店に着いたら渡辺さんの顔写真が載っている『アルテリ』のポスターにいつも通り出迎えられた。

仕事中、いろんな人から電話がかかってくる。マスコミの人、驚いたお客さん、お葬式の日程を知りたい人、ともに悼みたい人。伊藤比呂美さんからも電話がかかってきて、「元気出しなっ」と言われた。冷たく聞こえるかもしれないけど、これ東京弁なのよ、元気出しなっ。元気は出ないけど、こんなとき東京弁っていいなと思った。

これを書いているいま二週間以上経っているが、お葬式でわけていただいた供花の菊がまだ元気に咲いている。それで、まだ実感がわかない。

年末に、シンタロウくんが帰省のついでに立ち寄ってくれた。彼は、友人のケイチくんと二年ほど前から店に来てくれるようになったお客さんで、当初は大学生だった。二人とも県外に住んでいるが、実家は熊本なので帰省の折に顔を出してくれる。

シンタロウくんは、扉を開けて入って来るなり、「渡辺さんが……」と言い、瞳をうるませはじめた。私は「ごめんね」とまずは謝った。果たせなかった約束があったから。

彼らとの縁は『アルテリ』がつないでくれた。『アルテリ』は、渡辺さんの声かけで生まれた、熊本発の文芸誌。橙書店は、同誌編集室も兼ねている。私は、自分から雑誌をつくろうなどとは絶対に言い出さないものぐさな性分なのだが、渡辺さんに雑誌をつくろうと誘われたら断れるわけがなく、いつの間にか編集を担うようになっていた。

シンタロウくんとケイチくんが初めて店にやって来たのは、春休みのある日のことだった。おのおのじっくりと書棚を見ているようだったが、しばらくするとカウンターの前にやってきて、「ぼくたち、『アルテリ』十号を読んで、渡辺さんの文章を真に受けて来ました。何か手伝わせてもらえませんか」と話しかけられた。

『アルテリ』は、歩みの遅い雑誌で、年二回しか発行しておらず、四年半経った二〇二〇年八月にようやく十号ができ、次号は十五号。編集者は二人とも本業の合間を縫って作業をしているし、デザイナーさんにも無理を言ってやってもらっているから年二回がせいいっぱい。十号まで出せたらお祝いしましょうねと渡辺さんに言っていたのに、折しも世の中はコロナ禍で、できずじまいだった。

創刊号に渡辺さんと石牟礼道子さんお二人から巻頭言をいただいたのだが、節目だからまた巻頭言書いてくださいと渡辺さんにお願いをしたところ、「『アルテリ』創刊始末」という茶目っ気たっぷりの文章を書いてくださった。その中に、「問題は田尻さんの過労である」という一文があり、「どうか若い人たち(と言っても八九歳の私より若いという意味だが)が、編集、販売に加わって田尻さんを助けていただきたい」と続いていた。それを「真に受けた」奇特な青年たちが店を訪れてくれたというわけだ。お若い方が紙の本をたくさん読むというだけでも珍しいご時世なのにありがたいことだった。帰省のタイミングが合うときは、彼らに発送作業などを手伝ってもらうようになった。

二人ともよく本を読む。シンタロウくんは古本屋さんでバイトをしていたくらいだから、本という存在そのものも好きなのだろう。彼らは、若い人にはめずらしく渡辺さんの著作も読んでいる。渡辺さんに会ってみたいかと聞いてみたら、ぜひ会いたいと言うので、渡辺さんが店にいらしたときに彼らの話をした。会わせたいと言うと、いつでも連れていらっしゃいとおっしゃった。

「店に若い人は来るの？」と渡辺さんにときおり訊かれていた。店を心配してのことだ。若い人が来なければお客さんは次第に減っていく。もちろん、渡辺さんが心配していたのは私の店だけではない。名もなき、小さきものたちをひいきにされていたから、馴染みのお店のことはいつでも心配されていた。それだけでなく、文章を書きたいという人たちの手助けもしていたし、石牟礼道子さんともゆかりのある真宗寺というお寺では以前、十年ほど勉強会の講義もされていた。「若い人は来るの？」という問いかけは、店の心配だけでなく、世代をつなぎたいという思いからでもあったといまでは思う。だから、彼らを連れて行けば、きっと喜んでくださるのではないかと思ったのだ。

コロナ禍が落ち着いてから連れて行きますと言うと、気にしないからすぐでもいいよとおっしゃった。そう言われるような気もしていたが、私は接客業をしているし、彼らは当時大学生でバイトもしていたから、ご自宅に押しかけるのは気が引けた。万が一のことがあれば彼らも気に病むだろうと思うと、なおさら。

でも、いまとなっては、行けばよかったと思っている。シンタロウくんの顔を見たときに後悔した。約束果たせなくてごめんね、と謝ると彼は、「ほんとうに会いたかったんです。いま海外文学の古典を読みたいと思っていて、聞きたいことがたくさんあって……」と言い、「ほんとにごめんね」と謝る私に「違うんです」と渡辺さんの本を見せてくれた。彼は手持ちの本を数冊、熊本の古書汽水社という古本屋さんで売り、そこで渡辺さんの著作『神風連とその時代』と、真宗寺での講義に加筆した『なぜいま人類史か』を見つけて買っていた。本を読めば、時空を超えて渡辺さんの講義を聞くことも可能だ。「本があるからね」と私は言い、「本を読みます」とシンタロウくんも言った。それで、うちでもまた渡辺さんの本を買ってくれた。

シンタロウくんと話したので、ケイチくんにもお詫びのメールをすると、彼からも

「お会いしてみたかったです」と返信がきた。そしてやはり「著書を読み返したりし

ている」と書き添えてあった。今度二人に会ったら、渡辺さんの話をするだろう。ほんとは渡辺さんと四人で話したかったね、と言うだろう。でも、本があるからね、とも言うだろう。

渡辺さんの長女の梨佐さんに二人のことを話したら、父はいないけど連れてくればいいと言ってくださった。書棚を見たりすればいいと。たしかに、渡辺さんの本を読み、渡辺さんが読んできた本を知ることは、渡辺さんに会うことでもある。

私が渡辺さんと出会ってしばらくした頃、「あなたは詩とか書かないの?」と訊かれた。「読むほうが好きなので書きません」と私は言い、渡辺さんは納得いかないような顔で、そうかとうなずかれた。それからも何度か訊かれたが、「書きません」と言ったり、「仕事の依頼があれば本の紹介などの短い文章を書くことはあります」と言ったりしていた。

あるとき、渡辺さんが関わっている（渡辺さんは熊本で何度も雑誌の創刊に関わっている）熊本の雑誌『道標』から寄稿を依頼された。原稿用紙十枚ほどと言われ、長い文章を書いたことがないとやんわり断ったのだが、依頼してくださった方には普段から世話になっており、最終的に書くことになった。その時点で長い文章を書いたことがないというのは本当で、大学を出ていないから論文だって書いたことがない。その文章を渡辺さんに見つかってしまい、もっと書きなさいよと言われ、結局いまもこうして書いている。私は本を読めればそれで満足だと思って生きてきた。渡辺さんに会っていなければ雑誌もつくっていないし、文章も書いていなかっただろう。私の最初の本をつくろうと誘ってくださった編集者さんは、『アルテリ』の文章を読んだから、声をかけてくださったのだし。

でも、渡辺さんの追悼文はまだ書きたくなかったですよ、と渡辺さんに言いたい。

渡辺さんはファンタジーがお好きだった。橙書店でも半年間にわたって、ファンタジーをお題に連続講義をやっていただいたことがある。『ナルニア国物語』、『指輪物語』、『ゲド戦記』……名作を次々と読み解いていかれた。『ナルニア国物語』は、ストーリーを七巻すべて語られたので、講義が終わったあと、「まだ読んでる途中だった……」と呆然としている生徒さんもいた。でも、思い返すとなんと贅沢な時間だったかと思う。昔、文字がなかった頃は、みなそのようにして耳をそばだて、物語を受け取ったはずだ。

当時、渡辺さんは九十代を目前に控えていたが、毎回二時間を予定していた講義は、いちばん長いときで四時間近く続いたこともあった。「今日は長くなるから、トイレ休憩したい人は勝手に行ってちょうだいね」と冒頭におっしゃり、ご本人は休みもせずに滔々《とうとう》と話し続けるのだった。必死に耳を傾けていた生徒たちのほうがぐったりしており、終わると口々に「渡辺さんすごいね」と言っていた。お若い方もいたし、おじさんもおばさんもいた。でも、私が学生だった頃の授業とは比べものにならないくらい、みな真剣に耳を傾けていた。私はカウンターの中で彼らと対面して座っており、みんなの様子がよく見えた。彼らのその、まっすぐな視線をみるのが大好きだった。

実を言うと、『アルテリ』という雑誌名はすぐには決まらなかった。当初、渡辺さんは「旅の仲間」にしたいとおっしゃったのだが、文芸誌と思ってもらえないかもしれないという意見が出て再考することになった。「旅の仲間」は、もちろん『指輪物語』由来だ。最終的に決まった名前の『アルテリ』は職人の自主的な共同組織を意味する言葉。これも渡辺さんに教えていただいた。

渡辺さんはずっと仲間を探して旅をする人生だったのだろうか。ファンタジーの世界でともに困難を乗り越えようとするものたちはみな、縦社会ではなく横並びで助け合う、小さきものたちだ。渡辺さんや石牟礼さんを失った私たちは、今度は自分たちの番なのだと自覚しなければいけないのかもしれない。まだ何ができるのかわからないけど。

とりあえずは、若い人も店に来てくださっていますよ、と渡辺さんに報告したい。渡辺さんはきっと、右端の口角が少しあがる独特の笑みで「そうか、来るか、ならよかったたい」と、ニヤッと笑ってくださるだろう。

ハンさん

依頼主の欄に「ニライカナイ（韓国）」とだけ書いてあるレターパックが、年末のある日届いた。消印は東京オペラシティ郵便局だが、住所は書いてない。誰？　と思いながら封を切るとクルミッ子が入っていた。鎌倉紅谷の定番のお菓子だが、ソリに乗るサンタリスくんと、プレゼントを手にする子リスの絵がパッケージに描かれたクリスマス限定品だった。手紙も何も入っておらず、これ食べていいやつ？　と疑問に思いながら、届け先は橙書店だしなあ、クルミッ子だしなあ、と逡巡する。

クルミッ子が好きでよくもらうのだと原稿に書いてから、いろんな方からいただくようになってしまった。おねだりしたみたいで申し訳ないし、はじめてお会いしたお客さんからいただいたりすると恐縮しきりである。今回の贈り主は会ったこともない人かもしれないと頭の中でぐるぐる考えていると、あることに思い当たった。『橙書店にて』の韓国語版を出したいと言ってくださった出版社があった。それから三年近く経っていたので、記憶も薄らいでいて自信がなく、編集担当の大河さんに確認したら、やはりその出版社さんの名前が「ニライカナイ」だった。安心して、うまいうまいといただいたのだが、はて韓国語版はどうなったのだろうと心配になる。本になったという話は聞かないが、翻訳出版の契約金はすでに支払われているのだからなんだか心苦しくなってきた。

すると、年が明けてしばらくして、諸般の事情で遅れていた韓国語版が形になったのでご確認くださいと、カバーや本文のＰＤＦが送られてきてほっとした。韓国語は一文字もわからないが、表紙にはまるで見たかのように店内の様子が描かれている。温かなかわいらしい筆致のイラストで、書棚や観葉植物、タイルの模様など細部に至るまで正確に描かれていて目を見張った。目次を開くと、頁の右上に満月のような○印がぽこんと浮かんでいる。月の話がいくつか出てくる「同じ月を見上げて」という章があるからだろう。韓国でこの本を読んでくださる人が、同じ月を異国の空で見上げて、本の登場人物のことをふと思い出してくれたらこんなにうれしいことはないな、と想像を巡らす。

それから一か月ほど経って、ニライカナイのハン・ジョンユンさんから連絡がきた。福岡に用事があるので、できたてほやほやの『橙書店にて』の韓国語版を熊本まで持ってきてくれるという。その日は、たまたま大河さんも店に来ることになっていた。時間が合うかどうかわからなかったので二人には何も伝えていなかったのだが、これまた偶然にも立て続けに二人が来店し、顔を合わせることとなった。紹介すると、ハンさんが「大河さんに会えるなんてうれしいです」と言う。大河さんは本の中にも出てくるし、編集者同士でもあるから親近感がわいていたのだろう。思っていた感じと少し違う、などと言われながら大河さんもうれしそうだった。

ハンさんは本の他にも地元韓国ソウルからお土産をたくさん抱えてきてくれたのだが、ちっちゃい鯛焼きのような形をした、ナッツの詰まったお菓子もくれた。クルミッ子にちょっと似ているからと選んでくれたそうで、その気遣いに胸がいっぱいになる。前にクルミッ子を送ってくれたときは、買いに行ったらお客さんが並んでいたそうで、「そんなに人気があるお菓子だとは知らなかったので、びっくりしました」と言っていた。そのときのレターパックの消印が「オペラシティ」だったことがなんとなく気になっていた。依頼主の欄には「韓国」と書いてあるし、中身は鎌倉のお菓子だし。その理由もハンさんに会ったらわかった。東京オペラシティアートギャラリーで開催中の「川内倫子　M／E　球体の上　無限の連なり」展のポスターを滞在中にたまたま東京駅で見つけて、この写真家は『橙書店にて』に登場する「倫子ちゃん」ではないだろうかと気が付き、急遽、展覧会を見にいったそうだ。クルミッ子を抱えたまま展覧会を見に行き、隣にあるオペラシティ郵便局でレターパックを出してくれたのだろう。「倫子さんの展示を発見した私、すごくないですか」とハンさんはちょっと得意げに笑っていた。

韓国語版を出したいとハンさんから最初に連絡がきたとき、プロフィールを添えてくださっていた。ニライカナイは、編集者として長い間働いた彼女が、自分が読みたい本、周りに勧めたい本を自由につくりたいという気持ちで立ち上げた出版社。沖縄に住んだことがあるという彼女は、遥《はる》か遠い海の彼方にある理想郷「ニライカナイ」を出版社名として選んだ。人はとてもうれしいとき天国にいるような心地だと言ったりするから、自分が作り出す本でそのような気持ちになってほしいという想いを込めたという。そして、なぜか、独立の第一歩として私の本の翻訳を選んでくれた。もちろん韓国で私のことなど誰も知らないはずだし、橙書店のこともほとんど誰も知らないだろうから、その決断に心底おどろいた。いまの時代に出版社を立ち上げるというだけでも大変なのに、私の本でいいのかとありがたくもあり、心配でもあった。

地元の熊本日日新聞に、韓国語版の刊行を機にハンさんのインタビュー記事が掲載された。私が店をはじめたときに内装を頼んだ工務店さんからもらったお守りの言葉「やってるうちにプロになるから、大丈夫」が、ハンさんにとっても「お守り」になったのだと、その記事で知った。ああそうか、人と本をつなぐのは、私ではなくてここに登場する人々なのだと改めて知った。

ハンさんがつないでくれた縁もある。先日、韓国語版の『橙書店にて』を購入したお客様が韓国から来られた。ハンさんから預かったという、韓国語版の販促品の栞《しおり》やポストカードをたくさん持ってきてくださった。常連さんに渡してください、と手紙が添えてあり、足りなかったら私が行くまで待ってほしいとも書いてあった。またいつの日かハンさんに会えそうだ。その後すぐに、「ヤッホー」という一篇に登場するミチコさんが来たのでさっそく栞をわたすと、韓国からのお客さんに会いたかったたなあと残念そうだった。

いつの日か、ハンさんがつくった本が日本で翻訳される日が来るかもしれない。そのときは、私がその本を読者に手わたす番だ。

再訪

旅の途中のお客さんがときにやって来る。キャリーケースを抱えていてそうと知る場合もあれば、旅行中なのだと自ら教えてくれる人もいるが、軽装なのになんとなく旅人だとわかる人もいる。旅慣れている人にはちょっとだけ浮遊感があるのかもしれない。

あるとき、連日やってきた旅人がいた。カブで旅をしていて、明日には熊本を離れ福岡へ行くのだと言っていたが、熊本に延泊することにしたそうで翌《あく》る日も店に来た。旅慣れている感じで、愛想の悪い店主（私だ）にも平気で話しかけてくる。家の近所にある、「本屋・生活綴方」という本屋さんで店番をすることがあると言っていた。横浜の本屋さんなのだが、橙書店で発行している『アルテリ』も取り扱ってくれており、有志の店番さんがたくさんいるらしい。その本屋さんについてあれこれとうれしそうに話している姿を見ていると、行ったことはないがきっといい本屋さんなのだろうと思った。

彼は店番はボランティアで、翻訳業を生業《なりわい》にしていると言っていたが、熊本を去る直前になって「実は本業はジャグラーです」と言い出した。意表を突かれ、え？　ジャグラー？　と疑問がわくのだが詳しい説明はなく、「横浜に来ることがあったら、生活綴方に来てください。赤いカブが店の前に停まっていたら僕がいます」と言い、去って行った。もともと出不精なうえにコロナ禍がはじまってからは一度も九州を出ていないのでこちらからは行く機会はそうそうないが、その間ジャグラーは熊本を再訪し、再々訪もした。ジャグリングの催しで海外に行くこともあるそうで、台湾のジャグリングフェスティバルのパンフレットを見せてくれたりもし、どうりで身軽なわけだと合点がいった。そのとき居合わせた私の友人は、家族がみんな台湾好きだからというよくわからない理由で、パンフレットを片手に持つジャグラーの写真を撮っていた。

ジャグラーって何？　と思われる方もいるかもしれない。ジャグリングをする人のことだ。後日、『ジャグラーのぼうけん』という本が彼から送られてきた。生活綴方には出版部があって、ジャグラーもとい青木直哉さんがそこでつくられた本だそう。その本の冒頭に「『ジャグリング』という単語で、あなたは何を想像するだろうか。大道芸？　サーカス？　ピエロ？」とある通り、私はジャグラーと言えば、大道芸をする人だと思っていた。だがジャグリングは、さまざまな道具を人の手で巧みに操る芸の総称で、お手玉だってジャグリングだと書いてある。歳を取って知識が増えていると思い込み、先入観で何かを断定してしまう自分がいることに気付かされる。本には、彼がジャグリングに魅せられた経緯や、はじめてジャグリングのフェスティバルに参加したときの様子が描かれており、ジャグリングにまつわる事々に対する愛情に満ちていた。

それからしばらく経ってから懐かしいお客さんが来た。彼女は大学時代に熊本に住んでいたが現在は横浜在住で、なんと彼女の行きつけの本屋さんが生活綴方だった。店員さんに熊本の話をされたことがあり、私の方が詳しいのにな、ってちょっと悔しかったと言う。『ジャグラーのぼうけん』に添えられた手紙に、熊本の話ばかりするので友人から「熊本観光大使」と呼ばれていると書いてあったから、その日はおそらく青木さんが店番をしていたのだろう。ささやかな偶然だ。彼女は本をたくさん買ってくれた。学生時代は買いたくてもあまり本を買えなかったし、買えるようになったら来られなくなったので今日はたくさん買おうと決めていたのだと、熊本にいた当時の思い出とともに語ってくれた。

そう言われてチロルちゃんのことを思い出した。以前、洋服の展示をしているときに来店し、同じようなことを言いながら洋服を買ってくれた。彼女は元スタッフのユッコと大学時代の同級生で、いまは生まれ育った長崎に住み、ときに遊びに来てくれる。ちなみにチロルというあだ名は元スタッフのゆうたが付けたものだ。ゆうたは独特な発想で人にあだ名を付け呼ぶ癖がある。なんでその名前？と訊いても、なんかチロルっぽいなどと言うだけで理由の説明はない。そういえば、チロルちゃんもゆうたのことを「はじめくん」とあだ名で呼んでいたからお互い様だ。

チロルちゃんは少し前にもユッコの帰省にあわせて遊びに来た。二人の会話を聞いていると、大人になったなあとしみじみしてしまう。初めて会ったときはまだ子供みたいだった二人は、いまでは子供を育てている。二十年以上の付き合いになるから当然だが、彼女たちの二十年に比べると、おばさんの二十年はたいした変化がない。とはいえ、身体は次第に衰えていくから、「久子さんって、健康診断してるの？」と、まるで実家に帰った娘たちのように二人が問いただしてくる。口ごもると、「してないんでしょう、だめだよ」と叱られ、話を変えようとすると「あ、いま話を変えようとしてる」と容赦がない。

長い時間を経ても互いの距離感はちっとも変わらないように見える二人は、久しぶりの再会を終始楽しんでいるように見えた。当たり前だが、同じ時間と場所を共有しても、二人の記憶と私の記憶は一致しないだろう。私が覚えていない彼女たちだけの記憶もきっとあるし、彼女たちが覚えていない、私だけの二人の姿もあるはずだ。

ときおり本を買いにくる現役大学生がいる。彼女と交わす言葉はそんなに多くはなく、一言か二言程度だ。先日も彼女がレジに何冊かの本を抱えてきたのだが、その中に『苦海浄土』の完全版があった。五千円近くするし、内容も本の重量も重たいので、「思い切ったね」とつい声をかけると、大学生のうちに読んでおこうと思っていたと教えてくれた。成人式の日に晴れ着姿を見せに来てくれた彼女は、もう来年には卒業だそうだ。彼女の大学生活はずっとコロナ禍とともにあった。でも、彼女は彼女なりの学生生活を送っていたはずで、「コロナ禍の大学生」という枠にはめられたくはないだろう。

彼女が店に来るようになって四年近くも経っていたのかと驚いた。その間、私は相変わらずの生活を送り、これからもそうだろうが、若い彼女は春からは新しい場所で、新しい生活へと踏み出す。熊本を離れた後、チロルちゃんやユッコのようにまた店を訪れることもあるかもしれない。そのときも、いままでのように彼女のほしい本が見つかるといい。

あとがき

この本は、ほどほどに田舎の地方都市にある、橙《だいだい》書店という本屋兼喫茶店が舞台だ。人によっては屋号がオレンジにもなる。

お客さんが濃くて、さいしょはどうしようかと思った、と歴代のスタッフたちによく言われた。店に集う人たちのことを書いてください、と編集の大河さんに言われたときに彼らが言うところの濃いお客さんの顔がいくつも浮かんだ。でも、何を書いて何を書かないか、と考えるとなかなか書きはじめる決心がつかなかった。

でも「橙書店」という場所はある書店、でしかないと気がついて少し気持ちが楽になった。私にとっては大切な場所で、同じくそう思ってくれているお客さんも幾人かはいるかもしれないが、読む人にとってはそうとは限らない。それぞれの「橙書店」

に代わる場所があり、その場所を思い浮かべながら読むに違いない。そもそも場所が必要でない人もいるだろうし、必要だけど持たない人はこれから探すのだろう。

私は店主だが、このいくつかのささやかな話の中ではただの点景で、もしくは点景ですらなく、その光景をなんとか言葉で書きあらわせないかと、遠くからいくつかの事柄を取り出して素描している傍観者だ。消しては書き、消しては書きして。これを書いて、これは書かない、などと決められるはずもなく、日々営業するかたわら、思い出すことや起きた出来事をぽつりぽつりと書き留めた。

振り返ると、書き漏らした人も、ことも、たくさんある。本は書き終わっても店の営業は続いているから、ここに登場していただいた人たちの生活も日々更新されている。その後を知らない人もいれば、相変わらず、点景としての私が眺め続けている人生もある。店で過ごす時間など、人生のほんのかけらでしかないかもしれないが。

日々更新されていることのひとつ。

小学校五年生のゆうひは、今年の夏、店で開催したとんちピクルスさんとHowie・Reeveさんのライブを母さんと二人で聴きに来てくれた。ときに笑い、ときに神妙な顔をして、大人たちに混じってカウンターで聴いていた。とんちさんはイラストも描くので、ライブではグッズコーナーがある。バッグや小銭入れや、TシャツにCD。何かひとつだけ買ってあげると言われたゆうひは、CDがほしいと言った。人生初の音源の購入と、初ライブ。

でも実は、母親のお腹の中にいるときにすでにライブを経験していたことを知っているのかどうか、今度訊いてみようと思う。

二〇一九年九月

田尻久子

文庫版あとがき

なんてことはない橙書店の日々を描いてから四年ほどが過ぎ、社会ではいろんなことが起こったが、有り難いことに店は潰れもせず日常が続いている。相変わらずの日々とはいえ、私自身にもそれなりの変化はあるし、お客さんの中には劇的な出来事があった人もいるだろう。起きたことをそっと教えてくれる人もいれば、胸にしまって、いつも通り本を買って帰る人もいる。

ゆうたとこうぞうという、二十年来のお客さんがいる。この本にも何度か登場している二人は、元カップルとして描かれているが、現在は一緒に暮らしている。紆余曲折の末よりを戻し、同性婚の法制化を求める裁判に原告としてともに参加している。ここで同性婚訴訟について詳しく述べることはできないが、社会からはいまだ家族と認められていない彼らは、私から見れば家族にしか見えないということは言っておきたい。彼らだけでなく、彼らの家族もみなお客さんだから、互いの家族をふくめ、とても大切に思っていることも見ていてわかる。

本書を久しぶりに再読し、二人が日々ご飯を一緒に食べ、互いの家族を思い合っている姿を、誰よりもゆうたの母さんに見せたいと願った。もう叶わないけれど。

単行本に引き続き、カバーデザインは有山達也さん、編集は大河久典さんが担当してくださる。有山さんの近しい方も登場するし、大河さんと顔見知りのお客さんも多いので、うれしい限り。解説は滝口悠生《ゆうしょう》さん。滝口さんの小説の中に住みたいと思うこともあるほどだが、滝口さんがこちらの本に入ってくださり感慨無量だ。お客さんたち、支えてくださる方々に心よりの感謝を。

二〇二三年九月二十一日

田尻久子

解説　小さな声が聞こえる店

滝口悠生

本書はもともと二〇一九年に晶文社から刊行された。それが筑摩書房に版元を移し文庫化されたものである。

私は単行本が出たときにこの本を読んだ。それで、生まれてから一度しか訪れたことのない(小学生のときの家族旅行だったから、もう三十年も前だ)熊本にある書店にいつか行ってみたい、いつか行くだろう、と思った。それはそう遠くない未来だとも漠然と思っていた。けれどもそれから四年近くが過ぎ、こうして本が文庫になって、そこに載せる文章を依頼され、それを書くために再読したいまもまだ、熊本にも橙《だいだい》書店にも行ったことがないままだ。歳月が過ぎるのは早く、東京から熊本はなかなか遠い。

それでも、著者の田尻さんが記した橙書店という場所と、そこに足を運ぶひとびとについて書かれたこの本を再読しながら思ったことは四年前と同じだった。やっぱりいつかこの書店に行きたい。行くに違いない。

日本全国に書店はたくさんある。そして本という製品は、基本的にどこで買っても中身は同じである。いまはネットでの注文も容易で、決まった本を買うなら書店を実際に訪れる必要はない。だから、東京に暮らす者が熊本の書店に行きたいというのは、変なことに映るかもしれない。

しかし書店というのは、本を買うためだけの場所ではない。そこは本と出会うための場所だ。未知の本との出会いもあれば、思いがけない再会もある。今日この店に来なければ手にとることも、読むこともなかったかもしれない本と出会うために書店という場所がある。

まだ見ぬ橙書店の棚に並ぶのはどんな本なのかと想像するが、本書には、店に並ぶ本のことは多く書かれてはいない。書かれているのは、店を訪れるひとたち、店主である田尻さんから見れば「お客さん」たちのことである。田尻さんはこの店で彼らと出会ったが、彼らはこの店で田尻さんだけでなく田尻さんが棚に並べた本と出会った。

そのなかのひとりである写真家の川内倫子さんが、店の書棚を見て「相変わらず弱者の本ばかりおいてるね、そこがぶれないよね」とつぶやいたという。それを聞いた田尻さんは確かにと納得しつつ、こんなふうに記している。

「耳をそばだてたくなるのはかそけき声で、それは人を圧しようとする大きな声よりも力強く魅力的だ。」

橙書店の書棚には、そんなふうに小さな声をそのうちに収める本が並んでいる。かそけき声の力強さ。弱いことの強さ、という背反。それは本が収める書き言葉のいちばん大切な性質だと思う。

本に書かれた言葉というのは、その場にいないひとに向けて発された言葉だ。その言葉を向ける相手はその場にいない。だから声で伝えることができない。それでも誰かになにかを伝えたいと思ったとき、書き手となるひとが選びうるのが書き言葉という方法である。ちゃんと伝わるかどうかわからない、その心細さは、しかし意と手を尽くせばきっと伝わるはずだという信頼と一緒にある。それは言葉に対する信頼であり、読み手に対する信頼だ。そういう言葉は、読まれることで強くなる。田尻さんが店に集める「かそけき声」は、そういう言葉のことだと思う。

もちろんその「声」は物理的なものじゃない。でも、本にも声の大小というのがあって、それはその本の佇まいにもちゃんと反映される（編集やデザインはそのためにある）。だから「人を圧しようとする大きな声」を収めた本はそこにあるだけで騒がしい。できるだけ大勢に、効率的に聞こえるように、大声をあげる。そういう本の書き手は、読み手を個人ではなく集団として見ている。本というのは基本的にひとりでしか読めないものなのに、大きな声の本は、ひとりであることの不安を煽る。大きな声は言葉や読み手に対する不信の裏返しだと思う。

いろんな本がたくさん並ぶ大きな書店も必要だが、大きな声の本と一緒に並ぶと小さな声の本は見つけにくくなる。疲れたり弱っていたりするときには、大きな声を体が受け付けないときもある。

橙書店が小さな声の本を集めて並べているのは、その小さな声がよく聞き分けられるように、そして小さな声の本を必要とするひとたちのための場所であろうとしているからなのだと思う。

再読してあらためて気づいたのは、なくなったひとについて書かれた文章が多いことだ。文庫化に際し増補された章にも、田尻さんとお店にとって長年支えとなっていた渡辺京二さんへの追悼文が掲載されている。

時間が流れれば流れるほど、別れも多くおとずれる。かつてその場所にたしかにいたひとがいなくなる。会えなくなる。

その場所にいないひとが増えていく。

変な言い方だが、それが生きている者の実感でもあるのではないか。いなくなってしまったひとは、しかし思い出せなくなるわけじゃない。思い出すことができて、思い出せば、そのひとの姿が見え、声が聞こえてくる。その場にいないのに、いるみたいに思われてくる。私たちは死者のことを、生きている姿でしか思い出せない。もういないひとを、いるみたいにしか思うことができない。だからこそ誰かのことを思い出すと、いまここにはないその姿や声を、言葉にして、誰かに伝えたいと思えるのではないか。

書き言葉は、ここにいない誰かに向けて書かれるものでもあるが、その前に、書き手もまたここにいない誰かから、書くべきことを受け取っていて、声とも姿とも違うなにかをどうにかこうにか言葉にしてみようとする。そして生前のそのひとを知る誰かと語らいたいと思う。あるいはまだ見ぬ誰かに、こんなひとがいたんだよ、とそのひとのことを伝えたくなる。

この本はそんなふうに書かれた本だと思う。橙書店にまだ行ったことのない私も、こうして田尻さんの声を、田尻さんが聞いたいろんなひとの声を、聞くことができた。そしていつか橙書店に行ったら、そこにはまだ出会わずにいた本が、誰かの声が、私を待っていてくれる。

（たきぐち・ゆうしょう　小説家）

本書に登場する本

『ナショナル・ストーリー・プロジェクト』ポール・オースター編　柴田元幸　他訳　新潮社
『新装版　苦海浄土　わが水俣病』石牟礼道子　講談社文庫
『苦海浄土』石牟礼道子　河出書房新社
『食べごしらえ　おままごと』石牟礼道子　中公文庫
『椿の海の記』石牟礼道子　河出文庫
『現車』（前篇・後篇）福島次郎　論創社
『熊本風土記』創刊号　新文化集団
『バナの戦争』バナ・アベド　金井真弓　訳　飛鳥新社
『コルシア書店の仲間たち』須賀敦子　文春文庫
『野火』大岡昇平　新潮文庫
『あの素晴らしき七年』エトガル・ケレット　秋元孝文　訳　新潮社
『チェルノブイリの祈り　未来の物語』スベトラーナ・アレクシエービッチ　松本妙子　訳
岩波現代文庫

『戦争は女の顔をしていない』　スヴェトラーナ・アレクシエーヴィチ　三浦みどり 訳
岩波現代文庫
『アルテリ』五号　橙書店内アルテリ編集室
『葭の渚　石牟礼道子自伝』　石牟礼道子　藤原書店
『コヨーテ・ソング』　伊藤比呂美　スイッチ・パブリッシング
『長い道』　宮﨑かづゑ　みすず書房
『私は一本の木』　宮﨑かづゑ　みすず書房
『向田邦子との二十年』　久世光彦　ちくま文庫
『赤崎水曜日郵便局』　楠本智郎 編著　KADOKAWA
『東京するめクラブ 地球のはぐれ方』　村上春樹／吉本由美／都築響一　文春文庫
『ヤクルト・スワローズ詩集』　村上春樹
『そら色の窓』　佐々木美穂　PHPエディターズ・グループ
『Over』創刊号　オーバーマガジン社
『故郷は近くにて』　関敬　熊日出版
『アルテリ』三号　橙書店内アルテリ編集室
『夜のミッキー・マウス』　谷川俊太郎　新潮文庫

『アルテリ』創刊号　橙書店内アルテリ編集室
『神風連とその時代』　渡辺京二　葦書房
『なぜいま人類史か』　渡辺京二　葦書房
『道標』第二十五巻　人間学研究会
『ナルニア国ものがたり』（全七巻）　C・S・ルイス　瀬田貞二 訳　岩波少年文庫
『新版　指輪物語』（全十巻）　J・R・R・トールキン　瀬田貞二／田中明子 訳　評論社文庫
『ゲド戦記』（全六巻）アーシュラ・K・ル＝グウィン　清水真砂子 訳　岩波少年文庫
『다이다이 서점에서』다지리 히사코　한정윤 옮김　니라이카나이（『橙書店にて』韓国語版
田尻久子　ハン・ジョンユン 訳　ニライカナイ）
『ジャグラーのぼうけん　vol.1』　青木直哉　本屋・生活綴方

初出

「されく」『アルテリ』六号　アルテリ編集室
「Aさんのこと」『アルテリ』二号　アルテリ編集室
「握手」『アルテリ』八号　アルテリ編集室
「旅の仲間」『群像』二〇二三年三月号　講談社
「ハンさん」文庫版のための書き下ろし
「再訪」文庫版のための書き下ろし
他は単行本時書き下ろし

以上、文庫版収録に際し、加筆修正。

・本書は二〇一九年十一月、晶文社より刊行されました。

思考の整理学　外山滋比古

アイディアを軽やかに離陸させ、思考をのびのびと飛行させる方法を、広い視野とシャープな論理で知られる著者が、明快に提示する。

質問力　齋藤孝

コミュニケーション上達の秘訣は質問力にあり！これさえ磨けば、初対面の人からも深い話が引き出せる。話題の本の、待望の文庫化。（斎藤兆史）

整体入門　野口晴哉

日本の東洋医学を代表する著者による初心者向け野口整体のポイント。体の偏りを正す基本の「活元運動」から目的別の運動まで。（伊藤桂一）

命売ります　三島由紀夫

自殺に失敗し、「命売ります。お好きな目的にお使い下さい」という突飛な広告を出した男のもとに、現われたのは？（種村季弘）

こちらあみ子　今村夏子

あみ子の純粋な行動が周囲の人々を否応なく変えていく。第26回太宰治賞、第24回三島由紀夫賞受賞作。書き下ろし「チズさん」収録。（町田康／穂村弘）

ベルリンは晴れているか　深緑野分

終戦直後のベルリンで恩人の不審死を知ったアウグステは彼の甥に訃報を届けに陽気な泥棒と旅立つ。歴史ミステリの傑作が遂に文庫化！（酒寄進一）

向田邦子ベスト・エッセイ　向田邦子　向田和子編

いまも人々に読み継がれている向田邦子。その随筆の中から、家族、食、生き物、こだわりの品、旅、仕事、私……、といったテーマで選ぶ。（角田光代）

倚りかからず　茨木のり子

もはや／いかなる権威にも倚りかかりたくはない……話題の単行本に3篇の詩を加え、高瀬省三氏の絵を添えて贈る決定版詩集。（山根基世）

るきさん　高野文子

のんびりしていてマイペース、だけどどっかヘンテコな、るきさんの日常生活って？　独特な色使いが光るオールカラー。ポケットに一冊どうぞ。

劇画　ヒットラー　水木しげる

ドイツ民衆を熱狂させた独裁者アドルフ・ヒットラーとはどんな人間だったのか。ヒットラー誕生からその死まで、骨太な筆致で描く伝記漫画。

ねにもつタイプ　岸本佐知子

何となく気になることにこだわる、ねにもつ。思索、奇想、妄想はばたく脳内ワールドをリズミカルな名短文でつづる。第23回講談社エッセイ賞受賞。

TOKYO STYLE　都築響一

小さい部屋が、わが宇宙。ごちゃごちゃと、しかし快適に暮らす、僕らの本当のトウキョウ・スタイルはこんなものだ！　話題の写真集文庫化！

自分の仕事をつくる　西村佳哲

仕事をすることは会社に勤めること、ではない。仕事を「自分の仕事」にできた人たちに学ぶ、働き方のデザインの仕方とは。（稲本喜則）

世界がわかる宗教社会学入門　橋爪大三郎

宗教なんてうさんくさい⁉　でも宗教は文化や価値観の骨格であり、それゆえ紛争のタネにもなる。世界宗教のエッセンスがわかる充実の入門書。

ハーメルンの笛吹き男　阿部謹也

「笛吹き男」伝説の裏に隠された謎はなにか？　十三世紀ヨーロッパの小さな村で起きた事件を手がかりに中世における「差別」を解明。（石牟礼道子）

増補　日本語が亡びるとき　水村美苗

明治以来豊かな近代文学を生み出してきた日本語が、いま、大きな岐路に立っている。我々にとって言語とは何なのか。第8回小林秀雄賞受賞作に大幅増補。

子は親を救うために「心の病」になる　高橋和巳

子は親が好きだからこそ「心の病」になり、親を救おうとしている。精神科医である著者が説く、親子という「生きづらさ」の原点とその解決法。

クマにあったらどうするか　姉崎等　片山龍峯

「クマは師匠」と語り遺した狩人が、アイヌ民族の知恵と自身の経験から導き出した超実践クマ対処法。クマと人間の共存する形が見えてくる。（遠藤ケイ）

脳はなぜ「心」を作ったのか　前野隆司

「意識」とは何か。どこまでが「私」なのか。死んだら「心」はどうなるのか。——「意識」と「心」の謎に挑んだ話題の本の文庫化。（夢枕獏）

モチーフで読む美術史　宮下規久朗

絵画に描かれた代表的な「モチーフ」を手掛かりに美術を読み解く、画期的な名画鑑賞の入門書。カラー図版約150点を収録した文庫オリジナル。

品切れの際はご容赦ください

本屋、はじめました　増補版　辻山良雄

リブロ池袋本店のマネージャーだった著者が、自分の書店を開業するまでの全て。その後のことを文庫化にあたり書き下ろした。（若松英輔）

ガケ書房の頃　完全版　山下賢二

京都の個性派書店青春記。2004年の開店前からその後の展開まで。資金繰り、セレクトへの疑念など本音で綴る。帯文＝武田砂鉄（島田潤一郎）

わたしの小さな古本屋　田中美穂

会社を辞めた日、古本屋になることを決めた。倉敷の空気、古書がつなぐ人の縁、店の生きものたち……。女性店主が綴る蟲文庫の日々。（早川義夫）

ぼくは本屋のおやじさん　早川義夫

22年間の書店としての苦労と、お客さんとの交流。どこにもありそうで、ない書店。30年来のロングセラー！（大槻ケンヂ）

女子の古本屋　岡崎武志

女性店主の個性的な古書店が増えています。カフェを併設したり雑貨も置くなど、独自の品揃えで注目の各店を紹介。追加取材して文庫化。（近代ナリコ）

野呂邦暢　古本屋写真集　野呂邦暢　岡崎武志／古本屋ツアー・イン・ジャパン編

野呂邦暢が密かに撮りためた古本屋写真が存在する。2015年に書籍化された際、話題をさらった写真集が増補、再編集の上、奇跡の文庫化。

ボン書店の幻　内堀弘

1930年代、一人で活字を組み印刷し好きな本を刊行していた出版社があった。刊行人鳥羽茂と書物の舞台裏の物語を探る。（長谷川郁夫）

「本をつくる」という仕事　稲泉連

ミスをなくすための校閲。本の声である書体の制作。もちろん紙も必要だ。本を支えるプロに仕事の話を聞きにいく情熱のノンフィクション。（武田砂鉄）

あしたから出版社　島田潤一郎

青春の悩める日々、創業への道のり、編集・装丁・営業の裏話、忘れがたい人たち……「ひとり出版社」を営む著者による心打つエッセイ。（頭木弘樹）

ビブリオ漫画文庫　山田英生編

古書店、図書館など、本をテーマにした傑作漫画集。主な収録作家――水木しげる、永島慎二、松本零士、つげ義春、楳図かずお、諸星大二郎ら18人。

ぼくは散歩と雑学がすき　植草甚一

1970年、遠かったアメリカ。その風俗、映画、本、音楽から政治までをフレッシュな感性と膨大な知識、貪欲な好奇心で描き出す代表エッセイ集。

せどり男爵数奇譚　梶山季之

せどり＝掘り出し物の古書を安く買って高く転売することを業とすること。古書の世界に魅入られた人々を描く傑作ミステリー。（永江朗）

20ヵ国語ペラペラ　種田輝豊

30歳で「20カ国語」をマスターした著者が外国語の習得ノウハウを惜しみなく開陳した語学の名著であり、心を動かす青春記。（黒田龍之助）

ポケットに外国語を　黒田龍之助

言葉への異常な愛情で、外国語本来の面白さを伝えるエッセイ集。ついでに外国語学習が、もっと楽しくなるヒントもつまっている。（堀江敏幸）

英単語記憶術　岩田一男

単語を構成する語源を捉えることで、語の成り立ちを理解することを説き、丸暗記では得られない体系的な英単語習得を提案する50年前の名著復刊。

増補版 誤植読本　高橋輝次編著

本と誤植は切っても切れない⁉ 恥ずかしい打ち明け話や、校正をめぐるあれこれなど、作家たちが本音を語り出す。作品42篇収録。（堀江敏幸）

文章読本さん江　斎藤美奈子

「文章読本」の歴史は長い。百年にわたり文豪から一介のライターまでが書き綴った、この「文章読本」とは何ものか。第1回小林秀雄賞受賞の傑作評論。

読書からはじまる　長田弘

自分のために、次世代のために――。「本を読む」意味をいまだからこそ考えたい。人間の世界への愛に溢れた珠玉の読書エッセイ！（池澤春菜）

本は読めないものだから心配するな　管啓次郎

この世界に存在する膨大な本をめぐる読書論であり、ブックガイドであり、世界を知るための案内書。読めば、心の天気が変わる。（柴崎友香）

「読み」の整理学　外山滋比古

読み方には、既知を読むアルファ（おかゆ）読みと、未知を読むベータ（スルメ）読みがある。リーディングの新しい地平を開く目からウロコの一冊。

品切れの際はご容赦ください

杉浦日向子ベスト・エッセイ　杉浦日向子

初期の単行本未収録作品から、若き晩年、自らの生と死を見つめた名篇までを、多彩な活躍をした人生の軌跡を辿るように集めた、最良のコレクション。

お江戸暮らし　杉浦日向子

江戸にすんなり遊べる幸せ。漫画、エッセイ、語りと江戸の魅力を多角的に語り続けた杉浦日向子の作品群から、精選して贈る、最良の江戸の入口。

向田邦子シナリオ集　向田邦子　向田和子編

いまも人々の胸に残る向田邦子のドラマ。「隣りの女」「七人の刑事」など、テレビ史上に残る名作、知られざる傑作をセレクト収録する。（平松洋子）

甘い蜜の部屋　森茉莉

天使の美貌、無意識の媚態。薔薇の蜜で男たちを溺れ死なせていく少女モイラと父親の濃密な愛の部屋。稀有なロマネスク。（矢川澄子）

貧乏サヴァラン　森茉莉　早川暢子編

オムレット、ボルドオ風茸料理、野菜の牛酪煮……。食いしん坊茉莉は料理自慢。香り豊かな〝茉莉ことば〟で綴られる垂涎の食エッセイ。文庫オリジナル。

紅茶と薔薇の日々　森茉莉　早川茉莉編

天皇陛下のお菓子に洋食店の味、庭に実る木苺……森鷗外の娘にして無類の食いしん坊、森茉莉が描く懐かしく愛おしい美味の世界。（辛酸なめ子）

遊覧日記　武田百合子　武田花・写真

行きたい所へ行きたい時に、つれづれに出かけてゆく。一人で。または二人で。あちらこちらを遊覧しながら綴ったエッセイ集。（巖谷國士）

ことばの食卓　武田百合子　野中ユリ・画

なにげない日常の光景やキャラメル、枇杷など、食べものに関する昔の記憶と思い出を感性豊かな文章で綴ったエッセイ集。（種村季弘）

クラクラ日記　坂口三千代

戦後文壇を華やかに彩った無頼派の雄・坂口安吾との、嵐のような生活を妻の座から愛と悲しみをもって描く回想記。巻末エッセイ＝松本清張

妹たちへ　矢川澄子ベスト・エッセイ　矢川澄子　早川茉莉編

澁澤龍彥の最初の夫人であり、孤高の感性と自由な知性の持ち主であった矢川澄子。その作品に様々な角度から光をあて織り上げる珠玉のアンソロジー。

わたしは驢馬に乗って下着をうりにゆきたい　鴨居羊子

新聞記者から下着デザイナーへ。斬新で夢のある下着を世に送り出し、下着ブームを巻き起こした女性起業家の悲喜こもごも。（近代ナリコ）

遠い朝の本たち　須賀敦子

一人の少女が成長する過程で出会い、愛しんだ文学作品の数々を、記憶に深く残る人びとの想い出とともに描くエッセイ。（末盛千枝子）

神も仏もありませぬ　佐野洋子

還暦……もう人生おりたかった。でも春のきざしの蕗の薹に感動する自分がいる。意味なく生きても人は幸せなのだ。第3回小林秀雄賞受賞。（長嶋康郎）

私はそうは思わない　佐野洋子

佐野洋子は過激だ。ふつうの人が思うようには思わない。大胆で意表をついたまっすぐな発言をする。だから読後が気持ちいい。（群ようこ）

色を奏でる　志村ふくみ・文　井上隆雄・写真

色と糸と織——それぞれに思いを深めて織り続ける染織家にして人間国宝の著者の、エッセイと鮮かな写真が織りなす豊醇な世界。オールカラー。

老いの楽しみ　沢村貞子

八十歳を過ぎ、女優引退を決めた著者が、日々の思いを綴る。齢にさからわず、「なみ」に、気楽に、と過ごす時間に楽しみを見出す。（山崎洋子）

おいしいおはなし　高峰秀子編

向田邦子、幸田文、山田風太郎……著名人23人の美味な思い出。文学や芸術にも造詣が深かった往年の大女優・高峰秀子が厳選した珠玉のアンソロジー。

パンツの面目ふんどしの沽券　米原万里

キリストの下着はパンツか腰巻か？　幼い日にめばえた疑問を手がかりに、人類史上の謎に挑んだ、抱腹絶倒&禁断のエッセイ。（井上章一）

新版　いっぱしの女　氷室冴子

時を経てなお生きる言葉のひとつひとつが、呼吸を楽にしてくれる——。大人気小説家・氷室冴子の名作エッセイ、待望の復刊！（町田そのこ）

真似のできない女たち　山崎まどか

彼女たちの真似はできない、しかし決して「他人」でもない。シンガー、作家、デザイナー、女優……唯一無二で炎のような女性たちの人生を追う。

品切れの際はご容赦ください

茨木のり子集　言の葉（全3冊）　茨木のり子

しなやかに凛と生きた詩人の歩みの跡を、詩とエッセイで編んだ自選作品集。単行本未収録の作品なども収め、魅力の全貌をコンパクトに纏める。

一本の茎の上に　茨木のり子

「人間の顔は一本の茎の上に咲き出た一瞬の花である」表題作をはじめ、敬愛する山之口貘等について綴った香気漂うエッセイ集。（金裕鴻）

詩ってなんだろう　谷川俊太郎

谷川さんはどう考えているのだろう。その道筋にそって詩を集め、選び、配列し、詩とは何かを考えるおおもとを示しました。（華恵）

山頭火句集　種田山頭火　村上護編　小﨑侃・画

自選句集「草木塔」を中心に、その境涯を象徴する随筆も精選収録し、〝行乞流転〟の俳人の全容を伝える一巻選集！（村上護）

尾崎放哉全句集　村上護編

「咳をしても一人」などの感銘深い句で名高い自由律の俳人・放哉。放浪の旅の果て、小豆島で破滅型の人生を終えるまでの全句業。（村上護）

放哉と山頭火　渡辺利夫

エリートの道を転げ落ち、引きずる死の影を詩いあげる放哉。各地を歩いて生きて在ることの孤独と寂寥を詩う山頭火。アジア研究の碩学による省察の旅。

笑う子規　正岡子規＋天野祐吉＋南伸坊

「弘法は何と書きしぞ筆始」「猫老て鼠もとらず置火燵」。天野さんのユニークなコメント、南さんの豪快な絵を添えて贈る愉快な子規句集。（関川夏央）

絶滅寸前季語辞典　夏井いつき

「従兄煮」「蚊帳」「夜這星」「竈猫」……季節感が失われ、風習が廃れて消えていく季語たちに、新しい命を吹き込む読み物辞典。（茨木和生）

絶滅危急季語辞典　夏井いつき

「ぎぎ・ぐぐ」「われから」「子持花椰菜」「大根祝う」……消えゆく季語に新たな命を吹き込む読み物辞典。超絶季語続出の第二弾。（古谷徹）

詩歌の待ち伏せ　北村薫

〝本の達人〟による折々に出会った詩歌との出会いが生んだ名エッセイ。これまでに刊行されていた3冊を合本した〈決定版〉。（佐藤夕子）

すべてきみに宛てた手紙　長田弘

この世界を生きる唯一の「きみ」へ――人生のためのヒントが見つかる、39通のあたたかなメッセージ。傑作エッセイが待望の文庫化！（谷川俊太郎）

言葉なんかおぼえるんじゃなかった　田村隆一・語り　長薗安浩・文

戦後詩を切り拓き、常に詩の最前線で活躍し続けた伝説の詩人・田村隆一が若者に向けて送る珠玉のメッセージ。代表的な詩25篇も収録。（穂村弘）

夜露死苦現代詩　都築響一

寝たきり老人の独語、死刑囚の俳句、エロサイトのコピー……誰も文学と思わないのに、一番僕たちをドキドキさせる言葉をめぐる旅。増補版。

えーえんとくちから　笹井宏之

風のように光のようにやさしく強く二十六年の生涯を駆け抜けた夭折の歌人・笹井宏之。そのベスト歌集が没後10年を機に待望の文庫化！（穂村弘）

先端で、さすわ さされるわ そらええわ　川上未映子

すべてはここから始まった――。デビュー作にして圧倒的文圧を誇る表題作を含む珠玉の七編。第14回中原中也賞を受賞した第一詩集がついに文庫化！

水瓶　川上未映子

鎖骨の窪みの水瓶を捨てにいく少女を描いた長編詩「水瓶」を始め、より豊潤に尖鋭に広がる詩的宇宙。第43回高見順賞に輝く第二詩集、ついに文庫化！

春原さんのリコーダー　東直子

シンプルな言葉ながら一筋縄ではいかない独特な世界観の東直子デビュー歌集。刊行時の栞文や、花山周子による評論、川上弘美との対談も収録。

青卵　東直子

現代歌人の新しい潮流となった東直子の第二歌集。花山周子の評論、穂村弘との特別対談により独自の感覚に充ちた作品の謎に迫る。

回転ドアは、順番に　穂村弘　東直子

ある春の日に出会い、そして別れるまで。気鋭の歌人ふたりが、見つめ合い呼吸をはかりつつ投げ合う、スリリングな恋愛問答歌。（金原瑞人）

適切な世界の適切ならざる私　文月悠光

中原中也賞、丸山豊記念現代詩賞を最年少の18歳で受賞し、21世紀の現代詩をリードする文月悠光の記念碑的第一詩集が待望の文庫化！（町屋良平）

品切れの際はご容赦ください

ちくま文庫

橙《だいだい》書店《しょてん》にて

二〇二三年十一月十日　第一刷発行

著者　田尻久子（たじり・ひさこ）
発行者　喜入冬子
発行所　株式会社　筑摩書房
東京都台東区蔵前二―五―三　〒一一一―八七五五
電話番号　〇三―五六八七―二六〇一（代表）
装幀者　安野光雅
印刷所　中央精版印刷株式会社
製本所　中央精版印刷株式会社

乱丁・落丁本の場合は、送料小社負担でお取り替えいたします。
本書をコピー、スキャニング等の方法により無許諾で複製することは、法令に規定された場合を除いて禁止されています。請負業者等の第三者によるデジタル化は一切認められていませんので、ご注意ください。
© HISAKO TAJIRI 2023 Printed in Japan
ISBN978-4-480-43921-5 C0195